吕贝卡与葛蕾丝

周洁如 著

海天出版社（中国·深圳）

图书在版编目 (CIP) 数据

吕贝卡与葛蕾丝 / 周洁茹著. — 深圳 : 海天出版
社, 2018.7
ISBN 978-7-5507-2435-8

Ⅰ. ①吕… Ⅱ. ①周… Ⅲ. ①短篇小说—小说集—中
国—当代 Ⅳ. ①I247.7

中国版本图书馆CIP数据核字(2018)第121373号

吕贝卡与葛蕾丝
LVBEIKA YU GELEISI

出 品 人	聂雄前
责任编辑	刘秋香　林凌珠
责任校对	岑诗楠
责任技编	梁立新
封面设计	蒙丹广告

出版发行　海天出版社
地　　址　深圳市彩田南路海天综合大厦7-8层(518033)
网　　址　www.htph.com.cn
订购电话　0755-83460239
设计制作　蒙丹广告0755-82027867
印　　刷　深圳市希望印务有限公司
开　　本　889mm×1194mm　1/32
印　　张　7
字　　数　170千
版　　次　2018年7月第1版
印　　次　2018年7月第1次
定　　价　38.00元

目录

　　她们以为我也会忘掉，秘密的主人不再出现我就会忘掉。我不会忘掉，我记录一切，所以你们在寻找垃圾桶的时候一定要找到正确的。树洞不会说话，可是树会长出枝叶，每一片叶子都会说话。

　　　　　　　　　　——《纽约啊纽约》

纽约啊纽约

这个世界其实也不是那么大。如果你曾经在上海的一节地铁车厢里遇到你的小学同学，可是你们又不是上海人，你们的小学在距离上海几千公里的地方；如果你在中央公园遇到你加利福尼亚的朋友，你们早已经失去了联系，如果不是面对面碰上，你这一辈子都见不到她；如果你离开新泽西去香港，你加利福尼亚的朋友离开纽约去波士顿，你在香港遇到了更多的纽约朋友，而她在波士顿遇到了更多的加利福尼亚朋友……你只能说这是一个小世界。

我还是要来说翡翠，我说过她不是我最好的朋友，因为我心里面全是我小时候的人，任何女人都不能代替她们。我不会收回我说过的话。

我在离开加州的前夜吃了翡翠做的粥和馒头，那个时候她还不是我的朋友，她是邻居的朋友，她们共同种植花草和做辣子鸡。我去找邻居说再见，她把我领到了翡翠那儿，翡翠已经做了一桌的芋头馅馒头。邻居说你吃点馒头吧，邻居的样子看起来很伤感。

我拿起翡翠的馒头咬了一口，安慰邻居说我只是去纽约，不是去集中营。邻居说再拿一个吧。我说不要了，谢谢。邻居说那么你喝一碗粥吧。邻居让我觉得我即将到达的纽约的确可能是一个集中营。那个时候翡翠还不是我的朋友，翡翠继续做着她的馒头，她还浑然不觉。六个月以后，她也来到了纽约，并且住在中央公园的旁边。我们谁都没有想到有那一天，我们会在草地上碰面，然后我们要好起来，她成了我一个重要的女性朋友。

说起每一段往事都有些模糊了，如果你像我这样的年纪，心力交瘁，记忆都是破碎的，你也会对你的过去模糊。我只记得我离开香港的前夜，新港购物中心的三楼，我哭了，婷婷和翡翠，我当着她们的面哭了。婷婷默默地给我一张纸巾，翡翠抱住我，她比我瘦弱得多，可是她的手臂却很有力量，她说好了好了，会好起来的，一切都会好起来的。

我好像总是要哭，我实在脆弱，什么都承受不了。翡翠是完全相反的那种女人，她永远都乐观，她精力充沛，她有用不完的精力，她都不需要睡觉。她念完了数学念工商管理，只要有三十分钟的空闲她就做拔丝苹果，切苹果的间隙她给她的花花草草松土浇水，多下来的苹果她放进烤箱做派。你以为她一定累了，可是接下来她还要收拾房间，一边收拾一边给她的客户们打电话。她短头发，说话很快，她就是一个发动机。如果我的生活里永远有这么积极向上的榜样，我就永远不会杀了我自己。只有在翡翠那里，生命才会变得特别珍贵，最苦难的生活都可以撑过去。

在翡翠还没有抵达纽约的那几个月，婷婷是我全部的精神支柱。我在一个露天的烧烤会第一次见到婷婷，她的脸马上打动了我，我知道她一定会成为容忍我一辈子的朋友。不是每一个朋友都能容忍我，即使他们爱我。我相信第一眼的感觉，我说过我选择她们，是因为第一眼。

为了适应在纽约的未知的生活，我在网上认识了十多个很谈得来的女网友，她们全部住在纽约，我到达以后召集大家一起吃个饭，她们都说好啊好啊，可是最后出现的只有三个人，包括我自己。但是晚饭的气氛真是好极了，就像在网上那样，我们很谈得来。第二天我给她们打电话，其中一个关了她的电话，此后的三年都没有再打通过，说起来她的脸都有些模糊了，似乎是一张圆圆的厚嘴唇的脸，完全不笑。幸好另外的那一个接了电话，我清楚地记得她，她像月亮，眉眼间有非常多的哀怨。月亮说是的是的，这样的聚会真美好，如果人再多些多有趣。可是，月亮说，我给另外的那个女孩打电话，她为什么要关机呢？我不知道怎么回答，我说她昨晚回去的路上车坏了吧，要不就是她突然感冒了。月亮说可是我刚才还在网上见到她，我跟她说你好，她假装不认识我。我说你确定昨天晚上我们都清楚地付了各自的账单加上小费吧？是的，我确定，月亮说。那我就不知道是怎么回事了，我说。

　　我离开了网络的纽约圈，那样的女孩只要出现一次就让我觉得纽约的女孩都不是我能够理解的。再后来更多的纽约女孩出现，我才意识到那样的女孩实在也不算什么。

　　月亮一直与我保持平衡的关系，如果我去看她一次，她就过来看我一次，如果她看过我那一次以后我没有去她那儿，她就坚持不会再来。偶尔我请她吃个饭，完全我付账单的那种，她就一定要买个东西给我。这样的平衡，足够使我们的友谊永永远远，可是她突然得了癌症，我不知道她是不是还活着，她很快地离开了我。

　　我像一个垃圾桶那样收纳了女人们全部的倾诉，当你决定了做一个垃圾桶的时候你就必须喜欢垃圾。我收纳了全部：每一次与丈夫的吵架；每一次与前男友在 MSN 上的调情；吵架的细节，包括耳光在哪个瞬间落下；前男友露骨的情话……她们让我觉得，她们的"衣冠禽兽"禽兽起来真不是人。她们经受的苦是那种，第一次以后，世界上的人都变了。我活在这些秘密里面，又不让我说出来一个字，对我来说真是酷刑。可是她们倾倒了她们的秘密以后她们居然后悔，她们甚至憎恨接受她们倾倒的我，然后她们远离我，她们不面对我就可以暂时忘掉我的知晓，她们以为我也会忘掉，秘密的主人不再出现我就会忘掉。我不会忘掉，我记录一切，所以你们在寻找垃圾桶的时候一定要找到正确的。树洞不会说话，可是树会长出枝叶，每一片叶子都会说话。

月亮有着最惊人的秘密，真正的秘密，没有人知道，包括和她一起住在布鲁克林的婷婷。如果你想把你的秘密告诉婷婷，婷婷会阻止你，婷婷说请不要告诉我，因为我不能保守，请一个字都不要说。婷婷教会了我拒绝别人的秘密，婷婷说如果那些秘密使你痛苦，如果别人的秘密会伤害你，你一定要在最开始的时候说不。可是在此之前我得到了婷婷的秘密，婷婷的秘密足够伤害我了，我不能与任何人分享这样的秘密，因为我们似乎是受了一模一样的苦，我们像是站在镜子的两端，镜子破碎了，我们看到对方，我们以为看到的还是自己。

我不能记录婷婷的故事，如果我写下来，我就是在写我自己的故事，我不写我的故事。难道我是一个写非虚构类故事的人吗？我把自己放在一粒米里面，我看到的世界就很巨大，可是我并不是一粒真的米。

有一些只是生活的习惯而不是秘密，比如翡翠需要投入多大的耐心在她那个慢吞吞的爱人身上，比如人人知道我有阅读障碍，却没有人认为这与我童年时被确诊了的注意力缺失有关系。

我们是朋友，我们接受彼此生活的习惯，我们也是集体的倾诉者和倾听者。月亮也许叙述了一些不平常的往事，那也不算什么秘密，翡翠和我关于我们加州邻居的讨论，不是秘密，甚至婷婷每天开四个小时的车去上班究竟是为了什么，都不是秘密。秘密很多是男女的，羞耻的，脏的，令人不快的。我们之间似乎也没有脏的东西，完全没有。

我曾经告诉过你们我知晓的最脏的秘密，秘密被转述了十遍，越来越脏。男女的事，老了的男人和老了的女人，丑陋，身材走样，相爱又死不承认，巨大的悲剧。年老的男人总是迷恋年轻女子，她们是他们最后一根稻草，他们紧紧抓住不放。他们也不容易厌倦。上了年纪的女人总是令他们不安，她们精明，世故，她们是对手，敌人，她们又没有美好的身体。

纽约女孩吕贝卡邀请他去她的生日会，我说她没有邀请我吗？他说她又不认识你，但是你可以作为我的客人跟着我去。同样的情形发生在小灵芝那儿，小灵芝邀请他去她的中国火锅会。我不能同时见到吕贝卡和小灵芝是因为她们互相轻视到无视，事实上这两个女人都是科学妖精，也许你见过美女作家，比作家美比美女作的那些家，但你一定没有见过像她们俩那样真正的美女科学家。有了网络人人都是作家，但不是人人都可以做科学家。如果这两个女人都在二十七岁拿到常青藤博士学位，文章上了《科学》杂志，她们还长得像章子怡，你还能说些什么？

大山细数小灵芝大学里玩手指的可爱模样我听了不只一遍，因为小灵芝实在聪明，什么都懂了以后没有事情做，只好玩手指，大山们额头冒汗抄笔记，一抬头，小灵芝玩着她的手指，大山们就被定在那个瞬间，再也没有清醒过来。大山第三次开始细数的时候，他直接地说，小灵芝结婚了。大山马上就闭嘴，过了好一会儿大山说，什么样的男人可以娶到小灵芝啊？我不知道他做这样的事情是为了什么，他就不能让大山在青春河里多游一会儿吗，就像他会故意地跟小灵芝提吕贝卡，小灵芝假装一时半会儿没想起那个人，过了好一会儿她才说，哦，吕贝卡啊。

我看小灵芝和吕贝卡各一眼，小灵芝穿繁花似锦的小礼服，吕贝卡戴《蒂凡尼的早餐》片头的礼帽。烧烤会结束小灵芝的花朵没有脏一朵，吕贝卡的礼帽却被下城的风吹到了两条街以外。第一局小灵芝胜。

吕贝卡在切尔西码头的生日茶会让我沿着哈德逊河找了一个小时，树枝形状的三层银盘和精致无糖的日本点心都没能够补足寻找的分，再加上一桌全部讲英语的常青藤，十分钟就笑一次，我说你笑什么，他说不知道笑什么，他们都笑他也只好笑。

尽管小灵芝一月的火锅晚餐也让我们在夜晚的大雪地里走了一个小时，但是雪大起来的时候他握住了我的手，我就可以停在雪里面像年轻的时候那样发问，你还爱我吧？我要把"你还爱我吧"说得像真的，眼睛都不眨一下，这样我再收回来的时候就会特别容易。他说爱啊，他的爱也像是真的，收起来容易。

是什么样的男人能够娶到小灵芝？如果你是六零后你就想一下莫少聪，如果你是七零后你就想一下陈晓东，如果你是八零后你就想一下罗志祥，如果你是我泰国的女朋友 AE，你可以想一下林志颖。就是这么一个大眼睛科学家，他娶到了我们的小灵芝。

大眼睛拿来冰冻果汁和啤酒，大眼睛说雪加露天阳台就是我们家的大冰箱。那个夜晚愉快又热闹，我们有火又有剁椒鱼，我们全部说中国话，小灵芝和我讨论如何钉出不会倒的宜家搁物架。这一局小灵芝的大眼睛胜了吕贝卡一桌活泼的常青藤。

可是我更喜欢吕贝卡，她是我留在欲望都市里的凯丽。

其实很多时候我都无法理解他的朋友们，就如同他的一个康州朋友，她打电话给他的前女友，听她在电话里倾诉，她打了不只一个，她们说了非常多的话，都是他永远不能知道的。她打完电话，他就是透明的了，我可不喜欢他是透明的，好像我也是透明的了，我只能对她说，他是这样的，我不是这样的，即使他之前是这样的，可是他不再是这样了。她客气地离我远点，她和透明的他说说笑笑，她偶尔会看我一眼，那种感觉非常不祥。

　　我的朋友们没有一个会打电话给我的前男友。兴许有这么一个，在我们拜访她和她那位著名的还没有成为前夫的丈夫时，她也给了我不祥的感觉，可是她到底也没有对他做什么。她永远是我柔软的乡愁里的一部分，如果她要杀了她自己，我就会难过，真的难过。即使十年以后她和他在每夜都有的北京饭局里再次相遇，他对她说你在这个夜晚很美。她对他嫣然一笑说，你竟然过了十年才看到我的美吗？你竟然不知道我开了我的门只是因为你而不是她吗？他说我当然察觉得到，我只是不能表达，那个时候到底我们的身边还有一个她。即使听到这样的对话我也不难过，真的，我更不会杀了我自己，我从来就没有杀过自己，即使我要炒我的新书。如果她想杀她自己第二次，我仍然难过，真的很难过。

　　但是如果她遇到的是我任何一个中国的女朋友，我想她肯定会杀了她，她们都有点想不开，就好像我和她在讨论换妻的问题时她说她也许同意这个建议，但是她绝不同意换夫。她的丈夫和她一起经历过车祸以后就是亲人了，他们的车撞到高速公路的护栏，护栏断了，横着刺进车身，她的丈夫满头满脸血搂着后座满头满脸血的她拼命地叫。她已经恍惚，又被他叫醒过来，她伸手过去捞到了他给她买的LV，好结实的LV，一点都没有损坏，他们从LV里找到了整台车唯一能够找到的电话，打出了救命的求援电话。等待的时间里，他们抱在一起，他们都以为对方就要死了。最后他们谁都没有死，他们却是一起死过的人了，他们是亲人了。所以我们共同的朋友冲她的丈夫笑了一下，她就和她一个月都不说话，她做得出来。我说你是怎么想问题的，换妻不就是换夫吗？她说哦。

　　我的那些奇怪的留在中国的女朋友们，她们总是令我想起我曾经有过的奇怪的生活。我用了好多年才把那样的生活彻底忘掉，可是早我十年去美国的婷婷都不能完全忘掉，只要你在中国一年，那一年就融在你的血里面，永远都不会丢失，所以婷婷她看你的眼神就既有美国的清澈又有中国的温良，她说的每一个字都清楚又有力，无论是使用英语还是汉语。我曾经希望我是婷婷而不是我，那我就可以有海气味的房子，院子里有花。如果我找不到会烤羊肉串也会烤牛排的丈夫，至少我还有中国城的煲仔饭。

吕贝卡与葛蕾丝

1

我跟他分了，吕贝卡说。

都一百遍了，我说。

这次是真的，吕贝卡说。

我说真不真也不关我的事儿啊。

要不你俩试试，吕贝卡说。

我觉得我也不要在这个时刻骂她，她肯定是受了很大的刺激。我就说，不用了，谢谢。

第二天有个人加我微信，说是吕贝卡的朋友。过了十分钟，他跟我说，他本来想骗一下我的，但是翻了一下我的朋友圈，还是决定跟我说实话。

我说你是吕贝卡的朋友，这一点肯定是。他说其实不是，他是吕贝卡的男朋友的朋友，他根本就没有见过吕贝卡。我说，那你找我干吗？

他说，你需不需要一个男朋友。

我说，你也看了我的朋友圈了，我需要男朋友吗？

他说，我是一个医生。

我说，我需要一个医生吗？

他说，你要学广东话吗？

我就把他删了，虽然我确实是要学广东话的。

我还没找吕贝卡，吕贝卡自己就找我了。我说你有这精力，为什么不去职场上拼杀一下呢？

她说她正在拼杀，这点爱来爱去的小事儿不妨碍她的拼杀。我说那你也别扯上我啊，我拼的能力本来就不够，要再摊点爱的事儿，基本上可以去死了。

她说多可惜啊，那是个耳鼻喉科医生。

2

到了下午，我把吕贝卡干的这个事儿告诉了葛蕾丝。我本来可以守口如瓶的，要不是那个医生问我要不要学广东话。葛蕾丝说她正在上一个心理辅导课。

我说，啊？多久了？

葛蕾丝说，三个月了，早上的课讲的就是家庭建设，很有用的。

我说，我跟你三个月没见啦？

葛蕾丝说，可不是，三个月前是最崩溃的时刻，我已经把老公的东西都收在一个大皮箱里，摆在大门口，然后换了锁。

我说，所以你要去上心理辅导课，贵吗？

葛蕾丝说，贵，可是不上不行，人快要不行了。

我说，应该是要一起进行婚姻辅导的吧。

葛蕾丝说，我老公不肯啊，你们水瓶座都是神经病。

我点头说，尤其男的水瓶，神经病中的神经病。

不过我这三个月下来，葛蕾丝说，我发现确实也是我的问题多一些。

我说，我不想再跟你谈这个问题了，你意识到了自己的问题，但是没有什么问题是一个人造成的，如果你家的老公还是不肯接受辅导，你就是把你自己进化成了仙，问题还是问题。

葛蕾丝说，好吧，其实我发现他真的没有什么问题，是我们女人的问题。

我说，如果你上的心理辅导课就是这么辅导你，你怎么不去看韩剧呢，也能治愈啊。

葛蕾丝生气地说，我不看韩剧。

我说，那你去卖保险啊，又治愈又挣钱。

葛蕾丝生气地说，我不卖保险。

我说我以前认识一个新泽西的女的，她把她老公的衬衫都剪掉了，她把她老公的钱包扔到抽水马桶里了，她把她老公的名字写在纸上贴在门背后，然后使劲地踢门。她怎么不直接把老公扔了呢？

葛蕾丝说，扔钱包之前她把现金拿出来没有？

我说，好吧，至少你走出了这一步，把他的东西收进皮箱，摆在大门口，然后换锁。

3

你高潮过吗？吕贝卡说。

你高潮过吗？我说。

跟我老公没有。吕贝卡说，跟他有，所以我才这么放不下。

我埋头吃虾春卷，只有这一家的春卷做成长长的三根，放在一个玻璃花瓶里，搭配着一枝花。

之前的十年，都没有，吕贝卡又说。

我说，我也知道油炸的东西火气大，对身体不好，但我就是爱吃。你也来一根？

他也很努力了，但就是没有，吕贝卡说。

有没有很重要吗？我说。

你知道我每次做的时候都还要用工具吗？吕贝卡说，这样的日子一天也过不下去了。

你知道中国的大多数女人这一辈子都没有高潮过吗？我说，还工具呢。

我们是在中国吗？吕贝卡说。

我们不是在中国吗？我说。

我怎么办呢？吕贝卡说。

你真要我说？我说，你真跟男朋友分吧，然后继续用工具。

这时候，猪脚姜上来了，端点心的阿姨扫了我俩一眼。吕贝卡戴着一顶巨大的毛线帽子，额头都遮住了。按照她自己的说法，如果没有做头发，她就只好戴帽子，如果没有化妆，她就只好戴大框太阳眼镜。

快补补吧。我说，你看起来就像是一个产妇。

你明知道热气的东西不好你还吃。吕贝卡说，你怎么不补补？

我说，我等下喝一杯凉茶就好。

吕贝卡说，女的怎么可以喝凉茶？太凉了。

我说我有时候真不把自己当女的。

所以你会问有没有高潮很重要吗？吕贝卡说。

我说，我们为什么要回到这个问题上来，什么样的高潮能让你上了瘾？你这么上瘾为什么不试试药啊，药的高潮是做爱的高潮不能比的。

吕贝卡说，你这是闺蜜应该说的话吗？

我说，我这不是闺蜜应该说的话吗？我是一个中国闺蜜。我又补了一句。

还是吃一块姜吧。吕贝卡说，湿气太重。

4

葛蕾丝去了教会，教会的婚姻辅导力量更强大一点，所以不管是什么星座，葛蕾丝的老公都得去。但是葛蕾丝去了教会以后就不大理我了。沉陷在黑暗中并不是你的错，但你还很享受，这就是很大的问题了。她是这么说的。

5

你有没有假装过高潮？吕贝卡说。

你有没有假装过高潮？我说。

不装怎么办呢？吕贝卡说，不装他就一直弄，弄到你生无可恋。

装了他就信了？我说。

跟情人就不用装。吕贝卡说，他会让我有，直到我有。

你是盼着你老公知道呢，还是盼着他别知道呢。我说，越毁灭越快乐是吧。

我爱我老公。吕贝卡说，我只爱我老公。

在外面做完，回家再做的时候就会好一点？我说。

不就是这样，吕贝卡说。

不还是没有高潮，我说。

我爱我老公，吕贝卡说。

我是一个医生吗？我说，你这么为自己辩护，或者你只是需要重复，要不那个床也睡不下去。

我爱我老公。吕贝卡又说了一遍，我只爱他。

你是复读机吗？我说。

6

我打电话给葛蕾丝，我说你不见我我不怪你，你删了我联系方式我也不恨你，我想过了，我的确沉醉阴暗，但是天使就不能跟落到人间的天使继续做朋友了？

我又这么喜欢你。我又补了一句。

葛蕾丝说你不断地把我往下拉，我只好放手。

我说，好吧，那你拉我一把？

我没力气，葛蕾丝说。

7

我约吕贝卡吃点辣的。

吕贝卡说，不是炸的就是辣的，你的瘾也不小。

我说，我就是吃点故意破坏自己身体的东西，这也是瘾？你倒是张口就来啊，瘾。

如果你缺乏对一种行为的控制，你就是在一种瘾中做挣扎，吕贝卡说。

如果你缺乏对一种性行为的控制，你就是在性瘾中做挣扎。我说，性上瘾是瘾。

陪你吃！吕贝卡说着。

我们坐着，要了一份烤鱼。

多辣？服务员问。

有多辣？吕贝卡反问。

你想怎么辣？服务员不耐烦地转她的笔。

小辣，我说。

还有比小辣更小的辣吗？吕贝卡追问。

小小辣和宝宝辣，服务员回答。

小小辣和宝宝辣哪个辣？吕贝卡不倦地追问。

服务员翻了一个白眼。

我说就小辣，就这样吧，两杯冻柠茶。

宝宝辣。吕贝卡说，他们真想得出来。

我分明感觉到隔壁桌的人白了我们一眼。

你怎么样了？吕贝卡说。

你怎么样了？我说。

你可以停止用我的问题反问我了好吗？吕贝卡说。

我说，好吧。

我说，我不怎么样，体力不支，职场厮杀战怕是要败下阵来了。

还是要拼耐力，吕贝卡说。

我说，年纪大起来，前景不乐观。

感情方面呢？吕贝卡说。

你感情方面呢？我说。

又来了。吕贝卡说，我爱我老公啊，只爱他一个。

烤鱼上桌了，炸过的鱼，浸在红油里，和它浸在一起的还有油豆腐、莲藕、木耳和洋葱。

看起来挺好吃的，我说。

那你吃啊。吕贝卡说，还不是你要吃。

我也就看看。我说，看看我就好了。

隔壁桌的人又看了我们一眼，我只好回看他们，人人面前都是一碗酸辣粉，吃得吱吱作响。

我认识了一个人。我说。

男的还是女的？吕贝卡说。

都一样吧。我说。

也对。吕贝卡说。

我说，也不是什么特别的人，认识很久了，都没有说过话，有一天不知怎么地说到喝酒，他说他不会喝，我说我也不会，我喝多了会笑，他说我喜欢你笑。

你多大了？吕贝卡说。

我说，你的声音再这么大，我只好去打旁边桌的人了，叫他们一直一直看我们。

幼稚吗？吕贝卡说。

我说，你每天要一个高潮不幼稚吗？

我们的身体太不自由了。吕贝卡说，很多时候我只是要给我的身体一个错觉。

我就自由了？我说，我又不要见他，我也不要他说好爱你，我只要他每天睡前说那么一句，我喜欢你笑。我喜欢你笑。我喜欢你笑。

你是复读机吗？吕贝卡说。

邻居搬走的前夜，
我做了一个很鬼的梦，梦里葛蕾丝摔死了，
因为她的地板是飘浮的。

——《新界》

星期天到九龙公园散步是正经事

1

星期天吕贝卡的佣人放假，所以我到了她家大门口我还是进不去。她还没醒。

我按了门钟，没有人应，门也就不开。

管理员就走过来了。姓什么？管理员问我。

姓什么？我反问他。我真的忘了吕贝卡姓什么。

我不知道，我只好老实地说，我只知道她住这幢楼的 1A。

我是说你姓什么？管理员说。

哦。我说，我姓什么？

Chow。我说，我姓 Chow，C-H-O-W。

管理员用他的门卡开了门，并且带我到电梯，为我按好了电梯。

电梯上升，我想起来吕贝卡姓 Lee，Rebecca Lee。二十年前我们俩刚到美国的时候，她还是李梅，May Li，这是她那个时候的名字，我那个时候的名字是 J Zhou。第二年，李梅跟我说，美国人老是把 Li 念成雷，而且这个 Li 一看就是大陆人的姓。我说所以呢？李梅说我要把 Li 改成 Lee。我说不好吧，名字可以改，姓怎么能改的嘛。李梅说那我以后要是嫁个美国人，我不得跟他的姓，我想改都改不了。我说你不可能嫁美国人的嘛。李梅说怎么不可能，我还可能嫁印度人呢。李梅把 Li 改成 Lee 以后，我也把 Zhou 改成了 Chow，然后我看起来就是一个香港人了。

十年以后，我们俩都到了香港，Rebecca Lee 和 J Chow。我们谁都没有嫁美国人，我们也没有嫁香港人，我们就是到了香港，一起，而且是同一架飞机，同一个搬家公司，因为吕贝卡的 Offer 更豪一点，她的公司就把我的东西也一起运了，实际上我也没有什么东西。美国的十年，一片空白。杨先生说的，我与蔡小姐十年无性婚姻，一片空白。我与美国的十年婚姻，也是一片空白。

2

吕贝卡蓬头垢面地从房间里出来，头发上贴着两片咖啡色的东西，我看着她头上的那两片东西，它们牢牢地粘着她的头发，居然掉不下来。一片贴在头顶，另一片也贴在头顶，吕贝卡的刘海就都到了后面。

我靠着墙坐了下去，卡位，她在她家的客厅装了一个茶餐厅卡位，桌上只要再放一个餐牌就可以点单了。

我看着她晃到了厨房，马上又晃了出来，递给我一个茶杯，里面是一只白色的韭菜饼。

熟了吗？我问。

熟了，她说。她自己端着一个盘子，盘子里也是一只白色韭菜饼。她咬了一口，我看到面皮还是生的。我就说，你再热热好吧。

她说我还是用煎的好不好。

我说可是煎得不熟啊。

她又咬了一口，说，好像是不熟。

那你把我这一只拿去热热啊。我说，你有微波炉吗？

吕贝卡就拿着茶杯去了厨房，实际上我根本就没有听到微波炉的声音，韭菜饼再出现的时候还是白色的。

我也想把我的热一热。吕贝卡说，可是我都吃得差不多了，就算了吧。

吕贝卡说完，把她的那只饼吃完了。也就是说，佣人放假的这一个星期天的早晨，有一个女主人吃了一只没有完全解冻好的速冻韭菜饼。

喝点什么？吕贝卡问。

大白天的喝点什么？我反问。

有什么关系。吕贝卡说，你不也带了一瓶红酒过来。

那我带什么？我说，美国的坏习惯，好了吧。

挺好的啊，开吗？吕贝卡说。

不开。我说，实在要喝点什么就啤酒算了。

吕贝卡给我倒了半罐啤酒，用了一只威士忌杯子。

桌上还有另外一只杯子，里面的酒像是昨天的。

此刻我很羡慕她，她的佣人放假，可是到了晚上就会回来，洗这些杯子。

这个时候吕贝卡的老公回来了。他不会说中文，我又不想说英文，我们只好冲对方点了点头。

我去，了，趟机，场。他用非常不流利也不标准的广东话说。

哦，我说。

你也喝点啤酒？吕贝卡对她老公说。她的英文还很麻利就是因为她有这么一个老公。我已经不会用英文买菜了，我也不会用广东话买菜，我用身体语言买菜，每次他们都不给我葱。

好吧。她老公说，来一点儿。

吕贝卡就把另外半罐啤酒倒给了他。也不知道又从哪儿找出来一只茶杯。

我手机没电了。吕贝卡说，昨晚跟我的那个聊到半夜。

去充电啊，我说。我没有看她老公，我知道他听不懂。

你的那个怎么样了？她说。

我看了一眼她的老公，他喝着啤酒，又抬头看他自己家的天花板，目光很空洞。

他不肯说我爱你，我说。

吕贝卡大笑起来。

他说了爱，又说了爱你，就是不说我爱你。我说，我截图给你看。

> 你爱不爱我啊？
>
> 爱。
>
> 你爱不爱我啊？
>
> 爱你。
>
> 你爱不爱我啊？
>
> 爱你爱你。

吕贝卡笑得不能停。她老公埋头喝啤酒，半罐啤酒很快喝完了。

把你手机给我。她说，我看看你俩还说了什么。

不给，我说。

我手机给你看，她说。

不要，我说。

那我去充电了，她板着脸说。然后她就进她自己的房间了。

我跟她老公坐在客厅的卡座，每人面前一个酒杯，沉默地，甚至不敢看对方一眼。

我不敢看他是因为我心里有鬼。他不敢看我难道他心里也有鬼？我这么想着就看了他一眼，他也看了我一眼。我们只好看来看去，但是一句话都没有。

吕贝卡的电充了好久。

要不要吃饭嘛！我喊。

吃啊！吕贝卡在房间里答。答完她还是不出来。

都十二点半啦！我又喊。

去佐敦吃面啦！吕贝卡答。她的声音闷在房间里。

我不吃，我要回家！我喊。

星期天你回家干嘛？吕贝卡还是在房间里。你又没饭吃，她说。

于是我继续待在客厅，等待。吕贝卡的老公去了一下厨房，拿了第二罐啤酒，倒给我一半。

谢谢，我说。我发现我只会这一句英文了。

唔使客气。他用发音古怪的广东话答。

我们喝到第三杯的时候，吕贝卡终于出来了。她头上的片片已经不见了，而且她穿了一条新裙子，实际上我每次见她她都会穿一条新裙子。

走！去佐敦！吕贝卡说。

我在一分钟内穿好了鞋，她老公用了两分钟。吕贝卡满意地带着我们出了门。

3

车开了很久，我都快要在车上睡着了，到达了佐敦以后，又连续地转了好几个弯才找到那家面馆。

有两个女的坐在面馆的前面自拍，拍完后各自埋头修图，发各自的朋友圈。我跟吕贝卡从来没有合过影，就是在我们的女青年时代，从李梅和周洁，May Li 和 J Zhou 到 Rebecca Lee 和 J Chow，我们简直经历了三个朝代，我们也没有合个影，真是一件奇怪的事情。

我下了车，更奇怪的事情发生了，我以为我们在唐人街，一切的一切都是唐人街的，而且不是波士顿的唐人街而是纽约的唐人街，我都恍惚了，肯定不是因为我刚睡醒。扑面而来的唐人街气息，我们在纽约的日日夜夜，我都要哭了。

吕贝卡若无其事地拖过来两张塑料圆凳，蓝色的，我们一起坐在了面馆的前面，我看了一下拐角，连拐角也是唐人街的。

美国，我说。我也不知道我为什么要说美国。

美国唯一给我的就是过敏。吕贝卡说，过敏！

我想了一下，没想到美国给了我什么，我就什么都没说。

有位了。店里面的人伸出头来。

我们进了面店。连店里面都是唐人街中餐馆的样子，如果他们再端出一碟幸运饼，我就要跳起来了。

吕贝卡的老公指了指贴在墙上的一张字条，上面写了四个字：香椿炒蛋。我可以肯定他一个字都不认识，他长了一张中国人的脸，可是实际上跟中国也没有什么关系。

点。吕贝卡说，会好吃的。

他俩的面很快就来了，我的一直没来，香椿炒蛋都来了我的面还是没来。

旁桌坐着一个男人，他的面来了我的面还是没有来。

我有点吗？我问吕贝卡。

有啊。吕贝卡说，我看到她写上了。

我又等了一会儿。旁桌的男人一直看我，吃一口面，看一下我。

我回看他，一直一直地看着他。反正我也没有面。

吕贝卡和她老公都吃完了，我的面还是没有来。

我倒是想着干脆不吃了，又不甘心，只好再等下去。那个男人还在看我。

我催了一下单，用的普通话。

面终于端来了。服务员放下面的同时把吕贝卡和她老公的空碗都收走了。现在就只剩下我和一碗面了，空空荡荡的桌面，桌面后是吕贝卡和她的老公，还有旁桌的那个陌生男人，他也吃完了。

吕贝卡的冰峰也喝完了，她只好托着她的头，百无聊赖地看着我。

冰峰是什么？我说。

就是芬达啊。吕贝卡说，在西安都喝这个。

我恍然大悟。北冰洋啊。我说，在北京都喝北冰洋。

吕贝卡耸了耸肩。

我终于弄明白了。我说，就是北冰洋啊。

你没去过北京吗？吕贝卡说。

去过。我说，可是一直没有人告诉我为什么要喝北冰洋。

有什么为什么。吕贝卡说，他们在北京，他们就是喝北冰洋，没有什么为什么。

我赶紧吃面，差一点噎到。如果有三双眼睛看着你，是的，三双，加上旁桌那双，什么面你都吃不出来味道了。

我用了最快的速度，一碗面吃得连滚连爬，吕贝卡还是站了起来。我到外面等你，她说。

好好好，我含着一嘴面条，说。

吕贝卡的老公坐在对面，夹了一筷香椿炒蛋，是的，香椿炒蛋，剩了一大半。我可以肯定他吃不完。

这个时候酒劲突然上了头，也就是说，在吕贝卡家喝的三杯半酒，后劲隔了半个小时才来。

我放下筷子，站了起来，头晕得厉害，简直是天旋地转。我一手扶住桌角，一手叉腰，对着旁桌的那个人喊，你看什么看！

好啦。吕贝卡的老公也站了起来，说，走啦走啦。非常流利的普通话。

酒精的作用。我对自己说，他是一句中文都不通的。他肯定是说了别的什么，音似：好啦走啦。

我摇摇晃晃地上了车，头痛欲裂。

车好像开到了旺角，吕贝卡下了车，我听到她最后说了一句，一个小时以后来接我。

那我干什么呢？我把头伸出车窗外，凉风灌了我一嘴，头更痛了。

等着啊。吕贝卡说，要不你去九龙公园转一圈，旁边就是九龙公园。

我不要去九龙公园，我说。

然后我看着吕贝卡消失在了一片唐楼后面，头都没有回一下，我只好把自己的头缩了回来。

吕贝卡的老公把车往前开去。堵车了。

4

堵得太久，我都觉得我不用去九龙公园了，我们就这么堵着好了，堵一个小时，然后去接吕贝卡。

我往窗外看了一下，路牌上写着上海街。我都不知道旺角有一条上海街，旺角为什么要有上海街呢？这条街上住的都是上海人？我之前从来不想，都是跟我没有关系的事情，我想它干什么呢。一定是酒精让我胡思乱想。

车又往前开去了，左转，左转，再左转，回到了我们放下吕贝卡的街。我看了一下手机，才过去了十分钟。堵车的十分钟，加上酒醉，真的给了我十个小时那么长的错觉。

吕贝卡的老公泊了车，下车，我也只好下车。

我注意到他把车泊在黄线上，罚单是肯定的，我预感到吕贝卡会发火，但是管他们呢，又不是我的车，又不是我的老公，什么都不关我的事。

吕贝卡的老公往马路对面走去，我只好跟着他。穿过马路，就是尖沙咀警署，往上走，九龙公园的入口。

吕贝卡的老公往上走去，我在他的后面。可是他等了我一下，现在他在我的左边了。仍然沉默，一句话都没有。

来过九龙公园吗？他突然问。普通话。

没，我答。酒劲太大，我整个人都在飘。

那儿有个游泳池，他说。

哦，我说。

我们一起在游泳池前面站了一会儿。

我想起来我听过一首粤语歌《九龙公园游泳池》，我不会讲广东话，但是听粤语歌的时候我又是会广东话的。

　　我喜欢九龙公园游泳池

　　那个戏水池有个瀑布位置

　　瀑布下站着能忘记烦恼事

　　每个星期我都会去一次

冬天关掉了。他说，夏天的时候会有瀑布。

我说哦。现在是冬天，可是大太阳晒得我头昏眼花，我知道我很快就要倒下去了。

公园里全是人，星期天的九龙公园，全是人。游客，带小孩的父亲母亲，盛装打扮的菲佣印佣，我得承认这一点，有的佣人打扮起来是比女主人还要漂亮的，有的佣人学历也是比女主人高的，但是她们只能做佣人。多数佣人都在星期天放假，有人要去教堂，有人要去见同乡，有人就是真的放假，去九龙公园转一转。所以每一个星期天，也是多数香港妇女真正的工作日。职业妇女或者家庭妇女，从小被菲佣印佣带大，长大了嫁人生了小孩，小孩也交给佣人，小孩的小孩，还是交给佣人。于是每个星期天，街上全是人，放假的佣人，小孩，自己带小孩带得焦头烂额的香港人。

我的旁边就有一个，那个小孩满地跑，父亲跟在后边追，母亲坐在长椅上，盯着手机，父亲追上小孩，拦腰抱住，把他带回母亲的旁边，小孩挣扎着下地，又跑掉，父亲再去追，母亲头都不抬，手机不离手。

我就这么，站在别人的老公的旁边，看了好一会儿别人的小孩。

我的旁边是关掉了的，九龙公园游泳池。

去买冰淇淋吧。吕贝卡的老公说，那儿有个甜品站。

好，我说。

我们一起排在甜品站的队列里面，星期天的队，肯定是要更长一点的。

我要一个巧克力的，我说。

吕贝卡也会要一个巧克力的，我又补了一句。我用的英文。

吕贝卡的老公没有说话。

终于轮到我了，我踩上甜品站的台阶，里面的人说，机器坏了。

我说，啊？

等一下吧，里面的人又说。

然后她离开柜台，不知道从哪里取出了一大袋巧克力酱，开始装进那台冰淇淋机。

我站在台阶上，看得很清楚。她的同事打翻了一大袋的塑料盖子，她若无其事地把它们装了回去。

她装好了酱就回到柜台。好了。她说，你们要点什么？

所以不是机器坏了。我说，只是需要补材料。她看着我。

你为什么要说机器坏了呢？我又说。

两杯巧克力冰淇淋！吕贝卡的老公凑上去说。

好吧，一杯放可可米。我说，另外一杯放曲奇碎。

两杯巧克力冰淇淋摆在我面前的时候，我不确定哪一杯是可可米的哪一杯是曲奇碎的。杯子是封闭的。

我打开一杯，挖了一勺，曲奇，吕贝卡才要曲奇。我真想把勺子放回去，可是放不回去了。我只好硬着头皮吃下去。

冰淇淋也没让我的酒劲下去。我仍然感觉自己离地三厘米，走来走去都不费力气。

5

吕贝卡已经等在车的旁边，我把另外一杯冰淇淋递给她。吕贝卡的老公看了一眼车窗，没有罚单。居然没有罚单。

可可米的。吕贝卡说，我不吃可可米。

我知道。我说，可是我弄错了。

那我不吃了，吕贝卡说。

那不是浪费吗？

你吃的是我要吃的曲奇，她说。

可是我根本就不喜欢吃曲奇，我说。

可是我根本就不喜欢吃可可米，吕贝卡说。

可是我已经吃过了。我说，你要换吗？

不要，吕贝卡说。

那你说怎么办吧，我说。

为什么这么多年来，我们想要什么可是从来得不到呢？吕贝卡说，我们得到的都不是我们想得到的。

冰淇淋要化了。我说，你再不吃就吃不到了。

不吃！吕贝卡说，扔掉！

吕贝卡的老公拎着那杯冰淇淋去扔。垃圾桶在对街的拐角，他得等待下一个绿灯。

吕贝卡。我说，你老公听得懂普通话的。

吕贝卡瞪大了眼睛。

他一直都是听得懂的。我说，而且他还会说，他刚才一直跟我说普通话，而且是很标准的普通话。咱俩在他面前讨论的，你的情人，我的情人，他全都听得懂。

那又怎么样。吕贝卡说，他可以继续装听不懂。对他好。

你有一个老公你还有什么不满意的？我说，我什么都没有。

那你要跟我换吗？吕贝卡说，你要跟我换我的人生吗？

不要。我说，我就这么过得了，我的这一生就这样了，我只希望可以快点过完。

咱俩太不同了，吕贝卡说。

我没觉得咱俩有什么不同的，我说。

如果已经弄错了，吕贝卡说，你还是会吃下去，多不喜欢你也吃，你看看你的人生。

我说我不浪费。

我不会。吕贝卡说，如果弄错了，不是我要的，我就不吃。

吕贝卡的老公已经扔了那杯冰淇淋，正朝我们走过来。

我想起来那支乐队叫做我的小飞机场，我还听过他们的《在动物园散步才是正经事》，哪里的动物园？海洋公园的？香港公园的？九龙公园的？九龙公园好像只有一个百鸟园没有动物园。这已经是我跟吕贝卡来到香港的第十年，香港的公园我还是搞不清楚。我们为什么要来香港呢？

新界

邻居搬走的前一个晚上，我做了一个非常鬼的梦。

实际上我很会做梦，我做过各种各样的梦，有头有尾的梦，有情节有细节的梦，有一个完整标题的梦，甚至彩色的梦。我知道多数中年人的梦是黑白的，全都是因为以前的电视机是黑白的。和这些只做黑白梦的中年人比起来，我简直是做梦界的高手。

好吧好吧，这个梦真的是太鬼了，鬼到邻居已经搬走一个星期了，我还时时回忆，一点一滴，时时猜想它代表的意义。

我梦到了我们住的这幢房子。

实际上我梦到房子也有一阵子了，这些年我每晚的梦都以房子开头，我梦里的房子都巨大但是破败，像城堡那么大，也像城堡那么破败。清晰又细致，看得到门柱上雕刻的花朵，木门板掉落的漆。我甚至怀疑过梦不过是前世。

那些细节，反倒衬得人和故事更加模糊。比如我在一个梦里和人打羽毛球，这个人是个老朋友，离别多年，梦里再相见，语调和体态都还是陈年的。更清晰的却是球场边的树丛，几层绿，浓的淡的绿，阳光透过树叶的空隙映射到地面上，摇曳多姿的一个下午。而现实里，我从来没有打过羽毛球。

那些梦境中的破房子，全是属于我的，我却欣喜于它们的存在，也总在梦中筹备如何整修它们。很多时候太过逼真，我从梦中醒来，都不愿意接受我的现在。

我的现实是我在香港，新界小豪宅，讲英语的邻居，优才专才，回流海归，中产，专业人士。一年以后，邻居们开始讲普通话、各种各样的广东话，我瞬时成了一个本地人。在我眼里他们全是投资移民，有钱人，富人，暴发户，穿小礼服到处晃的女人，穿高跟鞋爬山的女人，大贪官送出来的家眷，出走的大婆，伺机上位的小三，混吃混喝的二奶群，所有的人都在等待，在香港。

还是回到梦，刚才我有点情绪失控，对不起，以后不会再发生了。

邻居搬走前夜的很鬼的梦里，我突然发现我床前的另一个房间，地板是飘浮的，上面还盖了一张地毯。精致的拼贴，完全没有缝隙，但确实是飘浮的，因为我的一个朋友进入了那个房间，地板就一片一片地塌陷下去，她就这么摔死了。

完全没有支撑的空中地板。如果非要解释这个梦，我就躺在床上，睁着眼睛，开始分析，房间是婚姻，地板就是婚姻的基础，没有基础的婚姻，或者基础是碎片的婚姻，一点点重量就会让整个房间崩塌。

早晨醒来，我的邻居就搬走了。就如同他们搬进来的那一天，一点迹象都没有。

我们这层楼，防火门的这一边，一共三户，我是第一个搬进来的。防火门的另外一边，那是另外一个故事了。在我没有写完这个邻居的故事之前，我是一个字都不会说的。

只有我一个人的一年，非常非常地舒服。上面没有人，下面没有人，左边没有人，右边也没有人。

过了一年，电梯对面的邻居搬来了。这家的男人友善，见面会点头，衬得他家的女人特别不友善。

又过了一年，傍晚的时候，我突然听到邻居家的女人在歇斯底里地鬼叫。像所有的正常人类那样，我把耳朵贴在门上听了一会儿。女人叫得凄厉，每一个音都是高的，中间夹杂着男人的声音，又沉又钝，我想过报警，但是我没有。

我开了门。

我看到电梯对面的邻居家也开了门，只一道缝，门里面的半个头晃动了一下，就把门关上了。

女人鬼叫的声音完全没有停下。我穿着拖鞋出了门，一路寻到垃圾房对面的那个单元，声音是从那里面传出来的。我就站在垃圾房的前面听了一会儿。我还是没有报警。

声音没有了，我就回到了自己的房间。这个晚上，我睡得很好，一个梦都没有。

早晨，等电梯的时候，我听到了垃圾房对面的邻居家传来了钢琴声，如诉如泣的琴声，要不是电梯很快地来了，我都要听哭了。

我的新邻居，就以这样的方式到来。而我故事里的邻居，指的就是这家。

直到邻居搬走，我都没有看清楚他们的脸。当然不是因为他们的脸太过模糊，只是我自己羞涩，没有勇气去看。还有一个原因就是这些日子，我只见过他们三次，准确地说，只有一次半，就是鬼叫事件第二天的那个傍晚，我又在等电梯的时候，他们突然出了门。完全没事儿似的，两个人还说着话，无视任何人，就一起进了电梯。

他们进了电梯就不说话了，沉默。你知道的，从三十三楼落到底楼还是需要一点时间的，这两个人的沉默，对我来说就像是永远。因为沉默，沉默到完全意识不到他们的存在，甚至呼吸的声音都没有。若不是亲身跟着他们一起进了电梯，我简直就要疑心他们根本就没有在电梯里了。仍然出于羞涩，我没有勇气转过身端详他们。三十三楼到底楼的这一点时间，我面对着电梯门，都开始发抖了。

其后的第二次和第三次，我分别见到了他们中的她和他。第二次，女人把脸拧到左边，不再拧回来；第三次，男人把脸拧到右边，很持久地拧着，也没有再拧回来。只有一点是相同的，就是他们对于旁人的无视，即使你出于不可告人的目的，先付出了微笑。

所以，我没有看到邻居的脸，所以，这是一个半次。

是个遗憾，要不，我就可以很好地去理解他们了。

我在这里说的没有理解好，指的全是琐碎的事情。

比如过午的时候，电梯对面的邻居会贴春联，还有横批，地垫也会换成崭新的红色。垃圾房对面的邻居呢，宜家门垫，还是绿色的，鞋在门外，绿色格外衬得鞋在门外。管理处就发通告要所有人把门垫和鞋都收回去，公众地方，面斥不雅。

比如我打开垃圾房的门，十平的空间，脚都插不进去。垃圾以天女散花状态落下，每一件都落在不对的地方，你知道的，垃圾不分类是重罪，生活垃圾不装袋，是重罪中的重罪。我不理解以重罪的方式扔垃圾，但我不确定是邻居干的，因为邻居家离垃圾房最近，这么干的后果只能让他们自己家最臭。当然了，也有人是这么想的，我一个人臭，不如大家一起。于是，这一层的所有人都有嫌疑。

比如为你开门的管理员，我观察到邻居没有因为她为他们开门并且说"早晨"就回复给她，一个眼神都没有。于是有一些瞬间，我又以为我住在印度，强烈的，阶级的分别。

贫富差异简直是全世界的现实，即使在印度，也是穷人更穷，有钱人更有钱的。要不，大楼外边的垃圾筒，怎么总有个腰弯到底的婆婆从里面翻纸皮，要不，顶层两千万的楼王，倒也卖得出去。

对于那层楼王，我情感复杂。我有一个身世坎坷的朋友，有一天突然出现，买保险，买楼，一堆经纪跟着她，标准普通话变成港台腔，谁都不容易。

我身世坎坷的朋友只在露台停留了一下，经纪说好豪华的大露台啊，看海，看星星，BBQ。我的朋友鄙夷地看了他一眼。

另一个经纪说种菜啊，小葱韭菜鸡毛菜，蕃茄丝瓜大白菜，想什么种什么。我的朋友掉头就走。

后来她给我发微信说新界的房子也配叫豪宅？我怀疑她只是来看看我的。

楼王很快卖了出去，我时常在电梯里碰到它的主人，比我和我身世坎坷的朋友更年轻的女人，沉默的两个人，她按下了那个数字，66。

新界豪宅让我每天都不自在，做成英国城堡的会所，每天都有人在那儿拍结婚照拍毕业照。假城堡假水池前的婚纱照，金子包裹着新娘的身体；假城堡假水池前的毕业照，男的女的，必须抱大公仔，因为你们就是这么纯真。

名字叫做皇殿的红宝石会所，每个周末都要举办一场生日派对，充气城堡，扭气球的小丑，过度包装的堆积如山的礼物，因为红宝石正对着我的楼，因为红宝石落地窗的透明，我总是看得见他们的欢腾。隔了一道水，是冲刷地面的清洁姨姨，姨姨戴口罩，对每个人说"早晨"，每个人都就这么直挺挺地走过去了。

我说了这么多，都不是故事。都没有眼神交流的，怎么发生故事。

接下来是故事。

月圆的夜。

我听到了大刀剁碎肉的声音。

与鬼叫的女人相比，我对后一种更有兴趣一点。

我听了一会儿，去朋友圈发了条无图文字：邻居杀了人，正在分。

五分钟以后，我觉得不妥，因为我突然意识到微信有那些摇一摇啊附近的人啊什么的，我就删了。还好这五分钟里，只有一个人点了赞。

朋友圈是这样的，你发条状态收到的赞就是五分钟那么多，超过了五分钟，他们就是想赞也不点了，因为过时了。

这个点赞的人总是点别人不赞的那条，我的朋友说，那么这个人就是你的灵魂伴侣。

关于这个灵魂伴侣，我会到另外的故事里去讲，我现在这个故事关于邻居，只关于邻居。

二十分钟过去了，直到我认为这个声音实在是太骚扰我了，我就打电话给夜班管理员，他说他会转去保安部，等下回复我。

等了一下，管理员电话我说保安已经在楼下了，他现在就上来。

剁肉的声音突然停止了。

然后是第二天，第三天，因为每一天都一样，我就不一一叙述了。

管理员跟我说，只有一个办法，你要在声音刚刚开始的时候就通知我们，你要给我们的保安一段过来的时间。

然后就是第四天，我和管理员，还有保安都准备得很充分了的时候，那个声音再也没有响起。

后来我每次出入，都觉得管理员多看了我两眼。

关于这个管理员，我也会到另外的故事里去讲，我总是把故事讲得越来越分叉，就像《一千零一夜》一样，故事分出去又分出去又分出去，都不知道怎么收尾。

总之这是一个好管理员，因为我曾经问过他通渠佬有用吗？他说没用，他说一锅开水灌下去就有用。所以，他真的是非常好非常好的管理员。

我曾经遇到非常不好的管理员，我问过他为什么这么湿，香港这么湿，地板都在往外面渗水。他说空调开到抽湿就好了。我说我有点不理解你的意思，他说那么你们的空调为什么有个抽湿功能呢。比我早到香港一个月买了对面楼的我的朋友葛蕾丝叫我去买抽湿机的时候，我家的墙已经长满了蘑菇，更不用说家具和衣服，那些绿油油的霉菌要杀了我。

已经是一个月以后了，声音是突如其来的，傍晚，完全没有预兆。我就拉开门，自己走了出去。声音在走廊里更清晰，咚咚咚咚。

我按了电梯对面邻居家的门铃，这是我这三年来头一回按邻居家的门铃，他家的门铃和我家的一模一样，我看着那个门铃，看了好一会儿。

门开了，他家的女人伸出半个头。

我说你听到声音没有。

她说听到了。

我一时不知道说什么好。我说这个声音影响你吗？

她说不影响。

哦。我说，是吗？

她说是的。

关上门的同时，她说，你总要让别人做饭的吧。

这一句话简直是整个故事的重点，你总要让别人做饭的吧。

于是我在打电话给管理员的时候，多问了一句，做什么菜要不停地不停地剁呢？

管理员说福建人做菜都是要剁的。

这就是我为什么要另外开一篇来说这个管理员，这个管理员的普通话其实很渣，所以他讲起普通的事情就特别有戏剧的效果。

做婴儿食物也是要剁的，他又说。

那个瞬间，我觉得我自己太渣了，你总要让别人生活吧。香港这么小，每个人都压抑，必须压抑，要不世界都乱了。

邻居搬走的第二天早上，实际上那个早上我还不知道邻居搬走了，我住对面楼的朋友葛蕾丝电话我说她们屋苑出事了，我可以站到我家的阳台上看一下。我拉开窗帘就看见了很多很多的车和人，消防车，警车，TVB，凤凰卫视，狗仔队。

我说过邻居搬走的前夜，我做了一个很鬼的梦，梦里葛蕾丝摔死了，因为她的地板是飘浮的。所以被她的电话惊醒，我心跳得厉害，慌张到死。我坐了一会儿，都没有办法平静下来。

当我趴在我的阳台上眺望葛蕾丝家的楼，我还在怀疑一切都只是梦，消防车，狗仔队。我打回电话给葛蕾丝，我说死了？

葛蕾丝说死了。

我说怎么死的？跳楼？谋杀？

葛蕾丝说不知道，明天看报纸。

我说你家的楼价要跌了吧。

葛蕾丝说她昨天就把楼卖了。换楼是她一直以来的梦想。

我说看什么报纸，上一下网什么都有了。

网上果然说什么的都有，中年夫妇，毒气自杀，有说情困，有说财困。我倒是觉得买葛蕾丝家那种楼的都是本地中产，炒个小股，又不豪赌，财困能困到哪里去。至于情困，人人婚外情的时代，每一天都当最后一天过，还会有殉情的夫妇？

然后我出门，电梯只开了一部，贴着搬屋通告，33C，我的垃圾房对面的邻居。

下到底楼，大堂，推门出去，正好赶上搬屋公司的车开走，这里我绝对要用"绝尘而去"这四个字，非常贴切。

就如同他们搬来的时候，绝尘而来。

我都没有看到那台差点令我泪下的钢琴是怎么离开的。

我只可以承认这一天我很快乐。

我几乎忘记了对面的屋苑，双尸自杀案，消防处派出了六台消防车和一部危害物质处理车。

第二天的报纸果然详尽，社会新闻写成娱乐新闻。

中年夫妇用大胶袋包裹整个人，再连接一罐挥发性强、具麻醉效果的有机溶剂"乙醚"(Ether) 毒气轻生同死，并留下字条做出警告提示。事件由女死者母亲登门揭发，由于当时屋内仍有毒气弥漫，警方及消防员均大为紧张，消防员需穿上全套保护衣登门调查，直至毒气消散才收队，尸体被舁送殓房。警员在屋内寻获遗书，相信因女死者患心脏病无法工作萌死念，丈夫舍命相陪，案件无可疑。

这就是我为什么不情愿看香港报纸的原因，语言超越了新闻，远远地。他们还用了一个版面来解释乙醚：有机液体，具挥发性，可麻醉人类，过量吸入致死，浓度控制难，危险性高。

对于乙醚，我亦情感复杂。我管它叫小蓝瓶。

我中学的时候沉迷打字机，就是那种人手捡字，打在蜡纸上再拿去油印的打字机。我甚至于把字表都背了下来。英文打字机也是如此，每一下的力度都必须是一样的，每一个字的深浅才会相同。

如果我打错，为了不浪费蜡纸，会用到乙醚，小蓝瓶的一滴，涂到错处，气体挥发得飞快，重新打上去，什么痕迹都不会留下。

乙醚让我轻飘飘，身心愉悦。难免又打错几处。

老师说，乙醚有毒，老师说了两遍，乙醚有毒。

我还是喜欢轻飘飘，说不上来的开心。我想不到有人用乙醚自杀。

葛蕾丝说大胶袋上面写着"请小心"三个字，葛蕾丝说那个单元买的时候两百万，现在四百万了，葛蕾丝说女人曾电子邮件家人，请求母亲买面包上门探访，实际上她已经好多年没有联络过家人了，葛蕾丝说男人因为选择这样的女人也早已跟自己的家庭决裂。

他们没有小孩，葛蕾丝说。

我看着葛蕾丝，她在我的梦里摔死了。

完全没有支撑的空中地板。我躺在床上睁着眼睛分析我自己的梦，房间是婚姻，地板就是婚姻的基础，没有基础的婚姻，或者基础是碎片的婚姻，一点点重量就让整个房间崩塌。

葛蕾丝你出轨了，我说。

葛蕾丝惊讶地望着我，葛蕾丝的手抖得轻微，苍白小手。

别生我气，葛蕾丝。我说，当我没说过。

我是出轨了，葛蕾丝说。

后记或另一个故事的开始：

1. 剁肉的声音仍然在继续。有一个夜晚，保安替我找到了源头，是的是的，我的邻居，电梯对面的邻居，我竟然不知道他们是福建人。

2. 垃圾仍然以犯罪的形式出现。

3. 垃圾房对面的单位搬来了一对老年夫妇，亲切和善，对每一个人微笑。我完全没有回应他们，他们现在也不笑了。

4.邻居搬走新邻居还没有搬来的间隙，我溜进了那个单元一次。没有门牙的装修师傅正在刷那些墙，很臭的涂料，臭了整整三个月。我没有找到家暴的痕迹，完全没有，和我的单元一模一样的格局。站在阳台上也看得到对面的屋苑，看起来他们的楼价完全没有受到影响，只要没有人跳下来，血肉模糊。我实在想不出来那个女人是在哪个房间鬼叫的。

5.我认为偷情和出轨是不同的，男人偷情多少还有一点情，出轨很多都是无情的。女人也一样。

旺角东

　　葛蕾丝当我是打卡机，每天早上六点都要跟我说早安，晚上十一点前再说晚安。有了葛蕾丝，我连手机闹铃都不要设了，她比闹铃还准。

　　闹铃响完就算了，葛蕾丝打完卡就开始说她的情人，那个情人每个晚上的情话都不重样，葛蕾丝再把那些不重样的话复制给我。

　　起先的一个星期，我一字不漏地听完了那些绵绵情话，可以这么说，我快要疯了。

　　接下来的三个星期，我开始干点别的，我刷了牙，洗了脸，坐到餐桌前，葛蕾丝的话还没有说完。我吃完早餐，搭上往金钟的特快巴士，我们互相说拜拜，开始昏天黑地的一天。

　　中间葛蕾丝会给我发截图，她跟情人往来的甜言蜜语，我直接就删掉了。只有一个小时吃饭，我不想被别的东西打扰。

　　傍晚我们都很忙，很多时候我要加班，葛蕾丝要忙她的小孩，最疯狂的时候她直接打电话给我，她的小孩们在电话那头使劲地叫。

晚上十一点，我往往刚刚到家，葛蕾丝就同我讲了晚安，我洗了澡，去睡觉。我的睡觉就是睡觉，我也想有个男朋友捧住我的脸说亲爱的让我看看你的脸再睡啊，可是没有，一个都没有，我就睡着了。

在十一点以后，那是葛蕾丝的小孩睡觉的时间，小孩们睡着了以后，她开始跟她的情人调情，微信做爱，第二天早上她会跟我说早安，把文字的部分传给我，视频的内容复述一遍。她真的就当我是一个树洞。

但是我知道这样的日子不会长久的，爱情这个东西根本就不存在，更何况是偷的情。我就等着那一天，我知道葛蕾丝也是知道有那么一天的，不知道她准备好了没有。

然后就是周末，我是说，别人的周末，我的星期六上午是要上班的，但是金钟特快在星期六不开，我得去搭港铁，再搭港铁回家。下午葛蕾丝就会说来找我玩，带着她的那对双胞胎小孩，我只好接受，整个星期六的下午我都得带小孩，因为葛蕾丝的佣人放假了，葛蕾丝去和情人约会了。

我就是有这么一个朋友，没有我的存在，她倾诉的欲望会把她自己弄疯。

葛蕾丝过来接双胞胎的时候，往往还要再讲一遍她的爱情。看在她总是给我带外卖的份上，有时候是深井烧鹅，我一声不吭，但我知道那个星期六的下午他们是去了屯门。

葛蕾丝月末的派对我也总能够参加，我也不是为了吃点什么喝点什么，她家的派对总是天台烧烤会，我俩从美国带到香港唯一的东西，就是烧烤会，还有拖鞋，是的，我俩拍毕业合照的时候都没有抱着公仔——英国人的那套，我俩穿着拖鞋。青春无敌，长袍都没能够遮得住我俩的脚背。

然后她就这么嫁了人，生了小孩，她的硕士好像白念了，当然按照她老公的说法，女人的知识，唯一的用处就是用来管教小孩。所以葛蕾丝很快就有了外遇。她有了外遇，我就得当她的护身符，已经五个月了。

实际上我也有点担心这第六个月，因为我坚信三秒法则也坚信六个月习惯养成。我从来没有把食物掉到地上超过三秒，我也是在第六个月彻底习惯了我在香港的生活。

令人担心又令人期待的第六个月，葛蕾丝和她的情人，不是在第六个月使偷情成为习惯，就是在第六个月令一切都结束。

夏天的最后一个周末，照旧的天台木地板，照旧的史努比棉花糖，照旧的比萨和腌过了的牛扒，香港烤什么都是腌过了的，而且是生抽，照旧的一个人的我，照旧地坐在圆形阴影里没有靠背的一张椅子上面。我一点儿也不指望葛蕾丝已经固定了的家长群还会再出现一个单身，葛蕾丝还在电话里讲会来个单着的英国哥哥，眼睛碧蓝碧蓝的，那位哥哥果真是眼睛碧蓝碧蓝，叫他还带着三个小孩啊，两个儿童一个婴儿，喂奶的手法娴熟，我都震惊了。

我说葛蕾丝你当我是嫁不出去了是吧。葛蕾丝说听我一句话，你现在很好，这样就很好，你这一辈子最不能犯的大错误就是嫁人，你当是忠言逆耳吧。

我说我当然知道。

然后我爸妈就到香港来了。我美漂的时候他们一年过来看我一次，我港漂的时候他们还是一年过来看我一次，我自己是不回家的了。我的城已不是我的城，我现在漂着的这座城更不是我的城。

还有葛蕾丝的爸妈，跟我爸妈分别是上午的飞机和下午的飞机。我们两家什么都是像的，暴躁的父亲温和的母亲，生出来的暴躁又温和的女儿，独生女美漂然后港漂。我两唯一的区别只是，葛蕾丝终于嫁了，我没有，而且看起来是永远不会嫁了。

而我父母和葛蕾丝父母唯一的区别只是，葛蕾丝的父母搬过来了，将以香港为唯一永远居住地，我父母却是坚决不会放弃内地的生活的，即使我找到丈夫，生了小孩。

中秋节的前一天，我休假，我先去我父母住的酒店放下了一盒月饼，然后打电话给葛蕾丝，我说我们一起去看看你爸妈吧。葛蕾丝说没空。我说那我自己过去看看你爸妈好了。

我们有什么办法呢。葛蕾丝的母亲说，葛蕾丝太辛苦了。

我坐在房间中央的椅子上，不知道对着葛蕾丝的爸妈说什么好，我跟我自己的爸妈也是没有话说的。

我们又只有这一个女儿，我们也不是一定要跟着她住。葛蕾丝的母亲说，我们也是有自己的生活的。

葛蕾丝给她爸妈租了一套一室的居屋，她自己租的村屋，村屋可能是香港唯一一种像美国房子的房子了，独幢楼，院子里可以种点花，然后她家又买了一个一千尺私家楼的楼花，但是她没有跟她爸妈讲，而且我觉得她也不希望我会跟她爸妈讲。我当然问过她为什么，她讲私家楼写的老公名字，所以没必要讲。我说为什么是你老公的名字，她说因为是我老公的钱啊。我说你老公的钱不是你们家庭的钱吗？她说我老公的钱就是我老公的钱。我说可是你们都有了小孩，她说有小孩又怎么了。我说好吧，婚后买的楼应该算家庭的财产吧？以后离婚一人一半吧？香港的法律不保护妇女儿童的吗？葛蕾丝说我是学法律的吗？而且我会离婚吗？我说好吧。我说我也不是学法律的，香港的法律会保护妇女儿童吗？葛蕾丝笑了一下。

香港好吗？我问葛蕾丝的父母。问完我也觉得我很奇怪，这句话好像应该是他们问我才对。

还好吧，葛蕾丝的母亲说。葛蕾丝的父亲眼睛盯着电视，一句话都没有。

还方便的吧？我追加了一句，转换了我的意思。

方便。葛蕾丝的母亲说，楼下就是街市，买东西方便的。

我没有话了。

我穿过一个天桥去搭巴士，一堆老年人，坐在天桥的下面。每一个老年人都自己坐着，并不和其他的老年人说话。每一个老年人都不说话。

葛蕾丝约我周末晚上喝一杯，我犹豫了一下。我说你还不如去看看你爸妈。她说看过了看过了，总不能天天看吧。

我俩没有喝一杯，我们去金钟转了一圈。

葛蕾丝的车开得飞快，真的就像没了头的苍蝇一样。于是我疑心我在这个晚上就会看到什么，可是没有。葛蕾丝把车泊在了路边，我们下车走了一段，周围的一切都没让我们停下来。她打了一些电话，那些电话也没能让她停下来。

我们找到一个路沿坐了下来，有人问我要不要吃麦当劳，我说不要。有人问葛蕾丝要不要水，她说不要，谢谢。

我们坐下来的时候是靠在一起的，她的鞋跟真的很高。

旁边的人放了一只遥控飞机，夜都黑了，飞机头的蓝光闪得很鬼。葛蕾丝还在打电话，飞快的广东话，我完全没有听懂。

电话的间隙，我放了我手机里的一段吉他给她听，只有吉他，我看着葛蕾丝的眼泪流下来，然后她说要听第二遍，我就放了第二遍。

她说他不来了。本来要来的，又不来了，老婆管得严。

那我们走吧，我站了起来。葛蕾丝走在有点远的旁边，空旷的桥，我听到葛蕾丝说，我真的是太满足了。

我说哦。

葛蕾丝说我们去看了一场电影。

电影好看吗？我说。

我是爱看电影的。葛蕾丝说，你知道的。

我知道，我说。

我想的是，为什么总是我顺从他，见面就上床，不应该也考虑一下我喜欢的吗？既然我们是分摊费用。

我说是吗？

葛蕾丝说什么是吗。

我说偷情的费用还分摊。

葛蕾丝说出轨好吧，各取所需，互不相欠。

我说好吧。

只是看着电影，我知道他是很急的了，但是他好努力地坐着，我知道他是不能等的了。葛蕾丝说，我就伸出两根手指，在他的肩上按了一下，我说别急，会给你的。

葛蕾丝伸出两根手指，在我的肩上按了一下，两根手指的重量和温度，我的汗毛都竖了起来，很深的厌恶。

坐到车里，我说偷情多少还有点情，即使是偷来的。

葛蕾丝笑得大声，我又不要情，有情反倒是负担，我不要的，我只要性，他给我满足。

我看着她，葛蕾丝越来越像香港人了，大笑姑婆。

我接了一个电话，电话里说，你那里看得到月亮吗？我说看不到。葛蕾丝看了我一眼，我挂了电话。

确切的第六个月。

葛蕾丝叫我去旺角东接她的时候已经是十一点半，我说好的时候也没有经过大脑，所以我去接她的时候还有港铁，回家我只有的士了，我还在的士上吐了。我只是不想葛蕾丝躺在她家华丽的地砖上翻来翻去，至少不是今天。

我搭错了电梯，然后我在电梯的镜子里看到了自己的脸，累到快要死了。

几个小孩站在 Newway 的门前吹水，我走过去的时候他们全看着我，很快地散开，再过几年，葛蕾丝家的小孩也可以出来唱 K 了。

推开门，葛蕾丝一个人在房间，唱得气若游丝。我说别唱了，回家。她继续唱，唱完林忆莲唱王菲。一边唱一边问我，喝点什么？

不喝，我说。

唱什么？她说。

不唱，我说。

她给她自己要了一杯热柠茶。

他呢？

走了。葛蕾丝说，他老婆会起疑心的。

为什么唱 K？不是应该去酒店开房吗？好不容易的晚上，老公小孩留在家里，我说。

我也是这么说的。葛蕾丝说，我正是这么说的，一进这个房间的门。可是他要唱 K，他很会唱。

我看着她，她手里拿着账单。

我说付了没有。

葛蕾丝突然很大声，这就是我恨的地方！他说他现金带得不够，他说我们可以 Share 吗？他从来不用信用卡因为老婆会检查账单，可是他明明有公司的信用卡。

我说葛蕾丝你竟然跟这种男人上床。

我说葛蕾丝回家好不好？

我说葛蕾丝你也别再告诉我了，是我的负担。

然后我就坐在的士上吐了。

　　葛蕾丝在卡拉 OK 里讲的最后一句话是，他打动我是因为他说过：你是那种能够让我挥发出所有欲望的女人。

　　我说葛蕾丝，王菲的歌我一句不会。

　　我坐在的士上吐得司机还以为我怀孕了。

　　我总是去想别人的事情，体会他们，痛一下，我以为我替他们痛了他们就不痛了，可是他们从来就没有痛过。我也再没有做过那个梦。地板是飘浮的，上面还盖了一张地毯，精致的拼贴，完全没有缝隙，但确实是飘浮的。我的一个朋友进入了那个房间，地板就一片一片地塌陷下去，她就这么摔死了。

　　回家的的士上，吐之前，我给葛蕾丝发了一张合照，我拍的我们在下落的电梯里，迷茫的两张师奶的脸，长裙都没能够遮得住我俩的脚背。

旺角

他是死都不肯说爱她的，她又总是迫着他说，于是就分了无数次的手，连他们自己都算不清楚了。

若不是已经十一月中了，她的朋友葛蕾丝仍然每天天黑了以后都要去旺角转一圈，拍几张相；若不是她的朋友葛蕾丝约她在旺角吃饭，她突然答应去了——她是见不到他的了，在旺角。

她总是半夜接到葛蕾丝的电话，有时候叫她出来喝一杯，有时候叫她一起去金钟坐坐，有时候叫她吃鸡煲，就在楼下。她总是不去的，挂了电话，她也睡不着的了，坐着坐着，天就亮了。可是她总是不去的。

你们要待她好，她的朋友葛蕾丝对她们所有的朋友说，她抑郁的，你们都不要怪她。葛蕾丝说着这样的话，还哭了。

她笑啊笑啊，眼泪充满了眼眶。她说谢谢你啊葛蕾丝，可是我一滴眼泪都不会流出来的。

可是她有什么好抑郁的，什么都有的。

教授丈夫，名校儿女，佣人不偷东西又很会做菜，她不知道她还有什么好抑郁的。

葛蕾丝像往常那样打电话给她，葛蕾丝说她在旺角坐着，月亮太圆了。

你怎么不去金钟坐着，却在旺角坐着。她说，报上说有黑社会。

葛蕾丝说金钟远啊，旺角坐完回家近。

可是你为什么要去坐呢，你不出家门去坐就不用再回家啊，她说。

葛蕾丝在电话那头响亮地笑，葛蕾丝说旺角的警察好帅。

她突然想起已经分了手的他，是个警察。

因为她总是迫着他说他爱她，他却是死都不肯说的，他说什么都给了你了，她说这一个爱字都不肯给我，他只是抱住她，很用力地亲吻。然后他们就分手了。

她跟一个日日早晨都同她讲我爱你的男人上床，这个男人做得比警察好，她也喜欢那样，没有情的，只有性，做到快乐死，快乐死了。

直到有一天，她突然厌倦。

其实他也对她厌倦。

这三个月，他们上太多次床了，有时候一句话都没有，各自脱各自的衣服，她只记得那些床，连酒店的门，前门或者后门，她都记不得了。你也知道的，高潮过去了就会特别厌倦。

又没有爱，做爱都没做出爱来。

只是维持着，到底还有点高潮。

葛蕾丝说你出个轨还上瘾呢。

她说葛蕾丝你倒是张口就来啊，我出轨？

葛蕾丝说好吧好吧，你出不出轨偷不偷情我完全不关心，我只关心你会不会被伤害。

她说葛蕾丝你都没有爱的。

葛蕾丝说爱是错觉，这个世界本来就是没有爱的。

天天说我爱你的男人约她去卡拉 OK，她挺惊讶，以为他是想进一步，有了情，又觉得是负担。

她听说任何话语和行为持续了三个月就会变成习惯，她计算了一下，他也真是说了三个月的我爱你，上了三个月的床了，出轨也真是出成了习惯。

可是她又不爱他的。

她也是不爱丈夫的。

教授丈夫智商太高，结婚的那一天就说她笨，被说了十年笨，她到死都是笨的了，幸好儿女遗传了他的智商，不是她的。

她笑着低了头，低到灰尘里去。

年轻的时候相貌好，中年了相貌的好倒不那么紧要了，丈夫只是享用了她的青春。

葛蕾丝说如果有下一辈子，她也要好看一回。她说好看的女人也不是个个幸福的，如果真有下一辈子，她不想好看，她想会点什么，能够拍拍照也好。

葛蕾丝说人人都是摄影家，人人心里面有故事。

不要专业的吗？她问。

不要，葛蕾丝说。

他们果然是只唱唱卡拉 OK，把我爱你说得顺口的男人唱起 K 来也是拿手，一首又一首，他真是喜欢唱歌，她以前都不知道的。只熟悉身体的男人，也不知道他还会什么。她想去抱他，他推开了她。

又说家里催，走了。

她诧异，去问他们都认识的一个女性朋友，那个朋友住在美国，说没什么好诧异的，他唱 K 前同她微信做了爱，推开她是当然，又硬不起来。

她一个人坐在卡拉 OK 的小包房，疲惫又厌倦。镜子里的脸是好看的吧，她自己是觉得一丁点儿也不好看了。突然想起来听说的一句话，每一个女神的背后都有一个和她爱做到恶心的男人。她竟然笑了。

他们的美国朋友说，他同她传照片的时候误传过私照，她即时知道他是同时与多个女人的了。

太恶心了，她说。

为什么恶心呢？他们的美国朋友说，这个世界不就是这样的吗。

她很快找到了第三个女人。他在回家的路上同她传简讯，盛赞她的鞋美，说去屯门找她。

她建了一个微信组，放他的那些女人进去，直到第四个女人也加入。五个女人，连同她自己，她们开始讨论约他出来，同时出现，一定开心死了。

她没有参与讨论。太恶心了，她是觉得，这些女人们也是太恶心了。

没有情的出轨，背叛也是残忍的。

她发了一条简讯给警察，分手了一年，头一回发给他，只说了四个字，太恶心了。警察回过来一个问号。她又说了一遍，恶心。警察打了电话过来，她听到他的声音，眼泪就滚下来了。

警察沉默了一下，叫她好好生活。

我怎么会好呢？她说，我这个样子。

警察沉默，背景是嘈杂人声。

你在哪里？她问。

当值，警察说。

我去看看你好吗？

不要来，警察说。

不要，警察又说了一遍。

她在隔天的报上见到了他的相片，职务竟然很高。在一起的时候，只知道他的名字，只有一个名字，她一直疑心那个名字也不是真的，每次他也只穿便服，更没有见过他的枪，她当他是假的。

名字却是真的。

报上讲他在旺角，她想起葛蕾丝，每天天黑了就去旺角转个圈，拍拍照片的葛蕾丝。

她打电话给她，都是她打给她，好像还是头一回，她先打给她。

葛蕾丝约她在金钟，她本不愿意去，又要葛蕾丝做晚上出去的由头。只好去金钟。

葛蕾丝只挂了一只小相机，她还以为她会拎一只像枪一样的相机。香港的冬天都不是那么冷的，葛蕾丝倒穿了一双皮靴，及地长裙，配那双皮靴。她给她看她的相机，塞在她手里，她横竖看不懂，笑着说相机不是越大越好的吗。葛蕾丝笑笑。

港铁到铜锣湾，葛蕾丝说下车。

她说不是要去金钟吗？

葛蕾丝说不去金钟，习惯了的，要来铜锣湾看一下。

她跟着她。铜锣湾，她只去过一次？两次？三次？却是在香港住了七年了的。葛蕾丝说她抑郁大概也是对的，一个哪儿都不去的女人。

她跟着她，过马路，红绿灯，葛蕾丝的长裙皮靴。

我都不知道这儿还有一片呢。她说，报上只说金钟和旺角。

现在知道了？葛蕾丝说。

她跟着她，葛蕾丝走来走去，拍得却很少。她只是会停在那里，只是停在那里。她看不出来她在看什么，也不知晓她在想什么。

葛蕾丝走来走去的时候，她找到一个帐篷前面的胶凳坐了一下，帐篷里的人正在吃面，互相看了一眼。

她对警察的思念从来没有这么浓烈过。

回到旺角真是黑夜了。这么大，她都不知道他会在哪里。

哪里会有警察？她去问葛蕾丝。

这儿有一排，那儿也会有一排，葛蕾丝说。

只有这两个地方？她说，他们只是站在那儿，也不动的？

他们只是站在那儿，不动的，葛蕾丝说。

她走过去，每个警察的脸都看了一遍，并没有他。警察们并不看她，青年的警察，中年的警察，深色衣服的警察，浅色衣服的警察，天黑得快，她看不分明他们的表情，他们互相也不说话，靠着墙的一排，她不明白他们为什么在这里。

要不要去另外一边？葛蕾丝说，那儿也有一些警察。

好，她说。

葛蕾丝走在左边，她走在右边。她去旺角的次数更少，路都是不认得的。

我走在你的哪边好？她问。

哪边都行，葛蕾丝说，不过很少人走在我的右边。

为什么？

我抽烟啊，烟灰会飞到右边的人的脸上。

现在不抽了？

葛蕾丝说到了香港就不抽了，没有什么是不会上瘾的，酒精更会上瘾。

人就是这么弱，对什么都上瘾，葛蕾丝又说。

可是你不抽了。她说，你倒挺狠的。

葛蕾丝几乎没有再拍，如果有一堆人，她就挤进去看一下，很快又挤出来。葛蕾丝来来回回的时候，她站在最外围，看一眼葛蕾丝，再去看旺角的天空，有一些瞬间是迷茫的，她不知道她为什么在这里。

另外一排警察里也没有他。竟然松了口气。她不知道真见了他会怎样，上过床又分了手的两个人，她真不知道会是什么样。她也没有准备好。

婚外情已经是不伦，再加上这个时候的旺角。

若是他奉命丢出催泪弹，而她就站在他的对面。她听说一个示威的女孩亲吻了防暴警察的透明面罩，然后他们开始约会。好多年前了，只是听说，还有配图，爱是一切的源头又是一切的终止。她竟然笑了，她只是笨，若是会点什么，亲历了这样的故事，倒可以拍下来，也可以写下来。只是她什么都不会，若有来世，她一定不要活成现在的样子。

葛蕾丝说吃煲仔饭，她说好。

路边摊，一碟菜，两个人分，什么都好吃。

葛蕾丝说能够去遍全世界，也能够坐在旺角的角落，吃这么一口煲仔饭，做这样的女人。

她没有回应她。左手无名指的钻石戒指，黑夜里闪闪发光。身上男人的每次抽射，无论哪个男人，她总会扭头去看自己的戒指，那枚戒指也没能叫她停下来。

她说半夜的旺角也不是听说的这么危险啊，你看，旁桌都是游客。

暗涌，葛蕾丝说。

葛蕾丝的手指上没有戒指，葛蕾丝吃得也很少。她只知道她不睡觉也不吃饭，她不知道她结过婚没有，有没有小孩，她对葛蕾丝竟然是一无所知的。她们的朋友说过的关于她的话，也都不像是真的。

你为什么要找那样的丈夫呢？葛蕾丝突然说，你不是活得绝望，你是活得太痛苦了。

我有一个矮小的小学同学。她说，其实也没有人嘲笑过她矮，二十年以后同学聚会的时候她带去她的丈夫，高得过分，我才留意到她有多矮。我的同学说你们这种大女生是不明白的，就是因为我从小矮，我偏要找高的，我缺什么就弥补什么。

我的学业折磨我。她说，每天去学校都是羞辱，我偏要找个教授。

葛蕾丝说活该。

她没有想到她会说这样的话。

我付出了代价，她说。

葛蕾丝说谁不是付出了代价的呢。

葛蕾丝送她去地铁站。

不一起走吗？她问。

我还不想回家。葛蕾丝说，我想再去那边走一走。

那我也等一下吧。她说，我跟着你。

她每次去时钟酒店，出来都是快的，心急的，也不是怕撞见什么人，只是厌倦。空了的人，走得总是飞快。

即使跟警察，也不是那么留恋。

她从不回头，于是也不知道他留不留恋。

可是她对葛蕾丝说，我跟着你。

她一转身就看见他。他和他的同事，可是她只看见了他。就那么，扑面而来。

眼神对接的瞬时，她只有一句，我要死了。

这已经是一年以后了。

如果她会拍点什么，她该是拍下这样的镜头：流动人潮，静止的她，他擦身而过。如果相机可以拍得出电光石火的瞬间，如果笔可以写得出一毫米的距离却远过了一亿光年。

葛蕾丝说，我刚才数了一下他肩上的星星。

什么？她说，什么。

葛蕾丝笑笑。

她扭头望去，只看见他的背，他真是不能与她相认，偷情的男女，旺角的街头，陌生人一样的错过。

阿Sir，阿Sir，葛蕾丝追过去。

她惊呆，只是跟住她。

阿Sir呀。葛蕾丝的普通话讲得怪异，两位阿Sir，请问朗豪坊在哪里呀？

他的同事说，最高的那幢啊，就是。

她低着头，只望见他的腰身，手铐，枪袋。

她有试过叫他铐住她，他不肯，说根本就不可以带出来的。

他不肯说爱她，他也不肯同她玩，即使在床上。

怎么过去啊阿Sir？葛蕾丝笑得清脆，像一颗豆子。

走过去啊。他的同事说，就这么，走过去。他的手一指，这个世界从来没有这么滑稽过。

葛蕾丝又笑，身体都在动。

她竟然不知道葛蕾丝也是会勾引人的，而且是街上的警察。

谢谢阿Sir呀。葛蕾丝笑得妖娆，我们头一次来香港，香港真是太好玩了。

她低着头，只看见他的脚移开去。

她抬头，只看见他的侧面，真的是陌生的。他的脸时常在她的上面，他的身体总是盖住她的。可是他从来没有这么陌生过。

那你爱不爱她呀？葛蕾丝突然说，脸对着她，眼睛却是看他的。

她的心都要静止了。

不爱，她说。

他的同事往后退了一步，这样的情景，他们巡街经常地遇到，习惯了的。

他是早已经退进暗影里了，旺角的夜，真的很黑。

葛蕾丝送她到地铁口，她没有回家，去了湾仔，C出口，转右行三分钟，就是他们常去的一间酒吧。湾仔，她只认得那一个出口，也只认得那一间酒吧，他带她去的。其实是很吵的一间酒吧，他们说不上一句话，他们也不说话，只是对面坐着，握住对方的手，那些时刻，她以为是执子之手的，涌出来许多悲凉。

她要了一杯白酒，前后卡座都是年轻男女，声浪中舌吻。酒叫她记起来他们做过的爱，他们竟然从来没有一起到过，他甚至很少要，他总是给她，望着她高潮，退去，然后是第二次，很冷静，很冷静。有时候叫她求他，面孔都是清醒的。

他说你到了我就到了，她以为是爱，他只要她快乐，她快乐他就快乐。

或者他只是征服了她，从掌控她里面获取快感，性交给不了的快感，于是说不出来一个爱字。偷情的人又哪里配说爱，出轨上了瘾，也是习惯，出了第一次就有第二次、第三次，所以最好不要有那么个第一次。出轨的人，都是上了瘾的。就是这么残忍。

他打来电话，她没有接。手机在桌上闪啊闪啊，她的手握住了酒杯。

过了一会，她打电话给葛蕾丝，第二次？却是葛蕾丝第一次拒绝了她。

葛蕾丝说，你自己走回家。

她站起来，走到街上，灯火通明的街，香港真正就是一个不夜城。

葛蕾丝说你得自己走回家，葛蕾丝说我只有一句是错的，我说你为什么要找那样的丈夫呢，我要说的是，你为什么要找丈夫呢？

她说葛蕾丝你为什么又要找丈夫呢？听说你的丈夫家暴你，你也没有能力争到你的女儿，因为你没有工作，你都证明不了你养得起你自己！葛蕾丝挂断了电话。

她想起刚到香港的时候，去旺角办什么事情，傍晚六七点。很旧的街，她迷了路。

她只知道去问警察，她就拦住了对面走过来的一个警察。他指给她路，还陪伴她走了一段，他只是正好也要走那么一段。

他转身离开了以后，她想起来，他的普通话怎么这么好呢，他又这么高大。葛蕾丝打电话来，她说她在旺角，遇见一个很帅的警察。

葛蕾丝说，摸他。

佐敦

对于阿珍来说，反倒是现在的生活更好些。以前有点钱的时候，老公是整夜整夜不着家的，现在没钱了，他成日坐在家里，成日成日坐在家里。

就是走在街上远远望见以前一起做生意的朋友，他也会跳进旁边的小路躲闪，真的就像一只兔子一样。他一边跳一边说太丢脸了，阿珍只觉着以前的他才丢脸。

阿珍想过离婚，铁了心地要离婚，可是又怀了老二。第二次铁了心的时候，他的厂又倒了，破产，一无所有。第三次，阿珍对自己说再也没有第四次，他又突然在打散工的公司昏了过去，白车送去医院，抢救回来，却是路都不能走了。

阿珍恨起来的时候是想过要有些不幸降到他身上才好，只是这样的大不幸，太大了。阿珍还没有拿到身份证，不能出去做事。他虽然是倒在公司，也不能算工伤，朋友的公司，本来就只是帮忙，朋友帮他们的忙，做点闲活，拿一份小钱，全是欠人家的情，怎么好意思再去伸手。

如今老公瘫了，自己又没有身份证，两个小孩还在上新来港儿童启动课程，结婚七年的积蓄也只够在香港省吃俭用支撑两个月。阿珍不去想未来的事情，确实也没有什么未来，最坏就是去申请综援，总好过回乡下，那就真是一点活路都没有了。

阿珍挪了一挪脚下的环保袋，每天送了小孩去过渡学校，阿珍都会在旺角的街市买点菜带回去，旺角的菜便宜。

旁边的香港人已经在打第三个电话了，从九龙中央邮政局到九龙塘又一城，她足足打了三十分钟。他们都说香港人素质高，阿珍可是见过在巴士上剪指甲的香港人，指甲都飞溅开来。阿珍也见过真正穷凶极恶抢一个油麻地到佐敦地铁座位的香港人，奇怪的是，他们并不会真的争吵起来，他们只是互相瞪着，一直一直瞪着，幸好只要三分钟就到站，阿珍不知道时间长了他们的眼白是不是就瞪不回来了。

从油麻地到佐敦，阿珍宁愿走路，可以省三元六角，只要省钱，即使从太子走到尖沙咀，阿珍都愿意。

阿珍有时间，阿珍有的就是时间，阿珍没有的只是一张香港身份证，不能在香港工作。葛蕾丝睁大了眼，吃惊地说，你竟然没有身份证？你刚刚嫁香港人的吗？

葛蕾丝是过渡学校的同学家长，最有钱的那一个，她就不应该来过渡学校。阿珍问过她为什么。葛蕾丝说这也是经过深思熟虑的，心一横，放弃深圳的外语学校，提早一个学期过来香港上启动课程，小孩熟悉香港，家长挑选香港学校，全香港的国际学校一个一个找过来，总能找到最好的那一个。

我家大卫英语好。葛蕾丝说，没问题的。

阿珍笑笑，阿珍说我等一张单程证已经七年，每天几十个配额，跟那些子女去香港照顾无依靠老人的、无依靠老人去香港投靠子女的争，争到单程证才可以过来香港住，还要七年，才是永久居民。

葛蕾丝说单程证是什么样子的。

阿珍说六百五十万港币是什么样子的。

葛蕾丝笑笑，葛蕾丝说六百五十万之外，还有那些中介费啊手续费啊又是二十万。

葛蕾丝，阿珍犹豫了一下，说，葛蕾丝。

葛蕾丝说嗯？还没有到放学的时间，家长们都站在学校门口，门前的台阶，长长的台阶，全佐敦最长的台阶。

葛蕾丝，你要不要燕窝啊？阿珍说，低了头，说，我生了老二人家送的礼，真货来的，从前的东西都是真货来的。

我不吃燕窝的，葛蕾丝说。

阿珍说哦，阿珍说那你帮我问问你的朋友们好吧？真货来的。

葛蕾丝说好。

放学铃响，葛蕾丝第一个冲进去，她的车停在下面，每次接小孩都用跑的，不过葛蕾丝运气好，从来没有吃过罚单。

阿珍只看见姐姐，没有看见弟弟。姐姐说弟弟今天留堂，不知道又是哪一科。阿珍叹口气，说，那你先做功课，等等弟弟。

姐姐说好，学校的露天礼堂，雨篷下面，摊开了功课。

所有等留堂小孩的家长，都坐在树下，刚下过雨，好多小虫咬。阿珍起先不认得这些虫子，比针眼还小的小黑虫，被它咬到却是最大的包，风油精也不怕的，白花油也不怕的，超乎想象的飞行姿势，在你的腿边萦绕，就是拍到它，把它搓成黑泥，那个包还是鼓起来，痒到心里。

坐在树下，阿珍总是面带微笑却是最沉默的那一个。

有人笑成一团，阿珍不知道她们为什么要笑得那么大声。香港当然给你眼泪，香港也给你喜悦，但是为什么要笑过头。

阿芳总是来得最迟，才是傍晚，已经微醺的红脸。

阿珍最担心她，比担心自己还要担心。

弟弟同班同学的家长，总是化浓妆涂大红指甲油戴各种各样帽子的一个家长，阿珍看不出来她是妈妈还是奶奶，真的看不出来，她马上就拖了椅子坐到阿芳的旁边。

阿珍注意着她。

阿芳啊，上次说的事情，你想好了没有？妈妈或者奶奶说。

我去！阿芳说，什么时候？现在？

真的呀？妈妈或者奶奶说，你想好了的，今天晚上就行啊。

不去！阿芳。阿珍说，不是说好了等下放了学要去你家做功课的？

妈妈或者奶奶哼了一声。又不是真的做什么，不过跳个舞，喝杯酒，又有小费。

阿芳不去。阿珍说，阿芳家里还有个小的。

喂，又没有什么损失的。妈妈或者奶奶说，都是老头，又没有损失的，白拿钱。

说了阿芳不去。阿珍站起来。

我是好心好不好？妈妈或者奶奶也站起来，七寸厚底高跟鞋，仍然比阿珍矮一头，我就是可怜你们，我就是太好心了，挣点钱，帮衬家里，有什么不对？

阿珍说反正阿芳不去。

就是穷得要死了，也不去，阿珍又说。

我是要死了，阿芳说。脸上的红没有褪去，一张嘴，全是白酒的酒气。

一群小孩涌出来，弟弟在最后面，板着脸，不高兴的脸。

阿珍放下了妈妈或者奶奶，也放下了阿芳，迎过去。雨篷下面的姐姐也收拾好了书包，跟过来。

弟弟肚子饿不饿啊，吃不吃点心啊，阿珍说。环保袋里拿出来一袋切片面包。

我要吃肉包子，弟弟说。

阿珍一愣，手和面包都僵在半空。

姐姐的手把面包接了过去。弟弟吃面包，一样的，姐姐说。

我要吃肉包子，弟弟说。

下次吃肉包子。姐姐说，妈妈今天买的面包。

我要吃肉包子，弟弟又说。

妈妈或者奶奶、阿芳的眼睛都看过来，阿珍气得都要昏过去了。

弟弟听话。姐姐说，面包也好吃的。姐姐说完，咬了一大口面包，面包皮掉在地上，姐姐立即蹲下身去捡，纸巾包好，走去角落里的垃圾桶扔掉。

以后再买肉包子，以后。阿珍说，爸爸好起来就买肉包子，情况好起来就买。阿珍竟然开始结巴。

姐姐走过来，手心搭住了阿珍的手背。妈，姐姐说。阿珍合上了嘴巴。一个七岁女孩的手心，搭住了妈妈的手背。

弟弟接过了面包，一言不发，开始吃面包。

阿芳的手臂也攀了过来，潮红的脸，说，去我家坐坐。

阿芳的家就在佐敦，学校的后面，走过去五分钟，一间劏房，月租三千。

阿芳在等公屋，已经等了五年了。两公婆，带两个小孩，申请公屋也不是很容易，虽然其中一个小孩有自闭症。

因为这个自闭症小孩，阿芳每天下午都是醉醺醺的。

阿芳喝得醉醺醺，还是要感激政府以后会给的对自己自闭症小孩的关照。

已经在排队了，排到秋天肯定有位置的。阿芳说，都怪我，全都怪我，我就是不肯接受囡囡有自闭症这个现实，我自己问人，问东家问西家，买书看，就是不肯带她去检查，要是早点确诊了，政府就会安排她去特殊学校，都怪我，我太蠢了。

阿珍说不怪你，你也不懂，谁都不懂。

那本书还放在阿芳的床上，摊开了一半，书皮已经翻得残破。

劏房，就是一间屋，十平方米？五平方米？吃喝拉撒都在这几平方米，一张床，上下铺，上铺睡小孩，下铺睡大人，床靠墙的那面，堆着所有的家当。拉一根绳，挂毛巾，挂校服，小孩做功课在床上，全家吃饭也在床上。阿珍想到再过几天，自己也要去住劏房，如果老公继续瘫着，如果情况不会好转。阿珍重新环顾了一下这间劏房，这里是香港，刚睡醒的囡囡坐在床上发出了尖利的叫声。

阿珍翻环保袋，翻出自己的零钱包，上面画着一颗樱桃，阿珍把画着樱桃的零钱包扔给那个正尖利利地叫的小孩。小孩不再尖叫，零钱包在小小的手心揉搓，喉咙里嘟噜着声音，已经是最好的局面。

这才是刚入房的五分钟，阿珍想到阿芳已经五年，日日夜夜，这样的生活，换了谁都是活不下去的。

小孩把零钱包扔了回来，又是尖利利地叫。

阿芳面带抱歉地弯腰捡零钱包，地上全是鞋子，胶袋，旧玩具，再也插不进去一只脚。阿珍说，要不，出去玩一下？

不去了吧。阿芳说，囡囡影响别人。

囡囡要出去玩一下，阿珍坚定地说。

囡囡翻身下了床，挪到铁门的外面，来回摇晃那扇门，门发出比她的声音更尖细的声音。隔壁邻居把头伸了出来，阿芳忙不迭地奔到门口说没意思没意思。湖南口音的广东话不好意思，总是说成没意思。

阿芳把囡囡用力地按进儿童车，囡囡更用力地叫。

弟弟已经按下了电梯的下行键，弟弟和姐姐一直等在走廊里，姐姐带着弟弟，安静地等待。弟弟和阿芳家的老大，同班同学，也没有一句话，连打闹都没有，同班了三个多月，仍然像大街上的陌生人。

阿珍有时候会去想，就是大街上的不认识的小孩，一个游乐场里玩几分钟，也会成为朋友的吧，这两个六岁儿童，冷漠得可怕。

弟弟昨天早上又提出来要电脑，大卫就有电脑。阿芳家的这个老大，对自己的自闭症妹妹也当是看不见的，不存在的存在，眼神都没有一个。两个六岁男孩的世界。

等待电梯的时间，漫长得像是没有尽头。好像过渡学校门前的台阶，整个佐敦最漫长的台阶。

早晨六点出门，荃湾到九龙塘，九龙塘到太子，太子到佐敦，走过长长的，大蟑螂尸体横陈的街道。姐姐的蓝裙子，弟弟的白衬衫，黑皮鞋，还有沉重的书包。孩子们跨上台阶，跟阿珍说再见。那是全佐敦最长的阶梯了吗？每天去完医院，安抚完不能动于是控制不了情绪的老公，听医生讲完一堆云里雾里的康复治疗，再带着一包落市的旺角青菜接孩子们放学的时候，那就是全佐敦最长最长的阶梯。

可是，学校的校工也站在那一段台阶上跟阿珍讲过，你不要那么担忧，新移民也可以很争气的，我的仔也是这么大才来香港，可是，他考入了香港大学！

正在扫台阶的校工把阿珍拦在了台阶上，一定是阿珍的脸太灰暗了，一定是阿珍整个人都像要死过去了。校工讲我家也是新移民我的仔考入了香港大学的时候，阿珍从来没有见过那么好看的一张脸，整张脸都闪闪发光的。

那个时候葛蕾丝也是崩溃的，葛蕾丝总是半夜打电话给阿珍，葛蕾丝的半夜总是崩溃的，葛蕾丝在电话里反反复复地问，我们选这个学校是错的吧我们耽误孩子了吧整整一个学期啊都浪费了吧我们以后会后悔的吧？

阿珍安慰葛蕾丝她也想过对错的问题，她也想过对不对得起孩子，她也后悔过，这是真的。

我就应该直接送他去国际学校。葛蕾丝的最后一句总是这么结束的，这几个月，就当是过渡了。

就是过渡。阿珍说，小孩要适应香港，大人也要适应香港。

没有什么是会被浪费的。阿珍对自己说，佐敦的路，漫长的台阶，没有什么是会被浪费的。

葛蕾丝说好多谢谢，葛蕾丝说阿珍你最好了。可是葛蕾丝说，我不吃燕窝的。

等得漫长的老电梯，终于开了门，电梯往下落，吱吱呀呀，阿芳家的囡囡，持续尖叫的声音。

出去玩，其实不过是街心公园的一个小游乐场，一座滑梯，一段单杠，秋千都没有。囡囡已经很兴奋，滑滑梯，重复地滑滑梯，一直，一直，一直地滑。

阿芳说我老公说的，阿芳啊不是我不爱你了，只是我的眼睛望着你这七年，从拍拖开始，结婚，生了儿子，生了女儿，年轻小姑娘到了现在，唠叨个不停的师奶，我的头都要炸了。阿珍啊我老公讲我是师奶啊，我才二十六岁。

阿珍平静地说，你就是师奶啊我们全都是师奶。小黑虫围绕着师奶们的小腿，又像针尖，一针一针刺下去。

阿芳说我老公说的什么都下垂了,脸下垂了,肚子下垂了,一个快要垂到大街上的七年的老婆,我是真的一点兴趣都没有了啊。

阿珍望着阿芳的脸,那张脸年轻的时候一定也是很好看的,可是找了这么一个老公,那个老公会说出来,一点兴趣都没有了。

阿芳说我老公不是不爱我了,他说爱情变成亲情了,囡囡又是这个样子,家他还是顾的。

阿珍抬头望了望天,看不出颜色的天,香港的天,就比乡下的蓝吗?阿珍看不出来。

阿珍说阿芳你看我包里的青菜都要坏了。

阿芳说本来就是落市的菜,老了的菜,黄了的菜,还能坏到哪儿去。

阿珍说是啊不能再坏了,我要走了。

阿芳说所以我天天饮醉,不用面对这个现实,一个地盘做工头的老公,月入两万,老婆孩子住劏房,他自己倒在深圳包二奶,五千块就够了哦,一个二奶才五千哦,他都可以包两个呢,你看这个男人,他讲也不是外面的女人比我多好看,就是如果跟我站在一块儿,那个感觉,年轻小姑娘的感觉,就是不一样的。

弟弟说妈妈我要回家。回家吧妈妈,姐姐也说。

阿珍又望了望天,天的颜色仍然很淡,看不出来时间,阿珍站起来说,我走了阿芳,你保重,别喝酒了,至少今天不喝了。

阿芳也站了起来,自闭小孩不停歇的尖叫声中,阿芳说阿珍再见啊,我查出来得了癌,肝癌。

阿珍也不知道肝癌是这么快的,也不过两个星期,就再也见不到阿芳了。

一个乡下过来帮忙的姨婆，每天接送阿芳家的老大，接了就走，一句多的话都没有。阿芳家的小的，阿珍再也没有见过。

偏偏又是阿珍最忙的时候，每天要跟医生谈，手术的必要性，手术后的一切可能性。最坏就是永远站不起来了。老公说，现在还不是站不起来？

是哦。阿珍说，还能坏到哪儿去？

做手术！老公说，搏一搏。

签了字，等排期的日子，阿珍反倒踏实了。还能坏到哪儿去呢？阿珍对自己说，再坏也坏不到哪儿去了。

老公瘫在床上，情绪不好，声线却细了，全家也安稳了。以前有钱有厂的时候，老公的声音都是粗的，骂起来第一句总是你吃我的用我的，靠的我来香港。阿珍听了千遍万遍，早已经习惯用麻木来反抗，就当是听不见。

老公在外边有人，但是死都不承认，跟阿芳老公不一样，他一句话都没有，阿珍洗衣服掏到裤袋里只有一个电话的名片，他只说是腰背痛按摩的技师，就是被阿珍捉牢包内层里的神仙水套装，他也咬紧牙关只说是替别人带的。阿珍没有用过什么水，但是阿珍也不是什么都不知道的，天天早上被港铁广告洗眼睛，女艺人吹弹可破的雪白肌肤，靠的可不就是这水那水。黄金水宝石水，也不过是个水，阿珍要有这买水的钱，就给小的多报一堂英文班。香港一年级的英文，阿珍已经跟得吃力，本来以为自己初中里也是学过的，课本拿过来，真的是一个字都不认识，前前后后翻一遍，还是一个字不认得。若不是姐姐懂事辅导弟弟，阿珍就真的要从家用里抠出来弟弟补习的钱。

老公给家用甩出来的钱，都是数了两遍的，要从那点家用里再抠出一百文都是不可能。阿珍总是听讲别的师奶炒股票炒楼，挣了大钱，坐在家里，老公小孩都尊敬她，用自己的钱找佣人，印尼佣人菲律宾佣人都不要，就要在新加坡做过的在台湾做过的会烧中国菜还会普通话的大学生，还找两个，财大就是气粗。

省吃俭用牙缝里抠有什么意思，钱不是省出来的钱是挣出来的，别的师奶说。阿珍听了动心，可是炒什么都要本钱，老公张口就来："凭你？你懂什么？吃我的用我的。"

不要本钱的，去教普通话啊，去卖保险啊。别的师奶说，考个证就是太容易了，等到证拿到手，你的身份证也来了，你就可以去上工挣钱啦，去实现你的个人价值。

阿珍苦笑，自己的普通话说成广东话，广东话说成普通话，还怎么去教香港人的小孩，误人子弟。别的师奶说，怕什么啦，就算你普通话说成印度话，也是香港人的需求，将来的社会是什么社会？将来的社会是普通话的社会，这是趋势，上层阶级，专业人士，英文之外，都要普通话，趋势你懂伐？趋势。阿珍连连点头，趋势。

卖保险的钱更多更快，时间也自由。别的师奶说，现在就可以去卖，都不要身份证的。阿珍说我嘴巴笨，说句话都说不好，怎么跟客户交流，我又是一个香港人都不认得的，我老公从来不跟自己家的亲戚来往。别的师奶说，傻猪来的，香港还有什么客户，都是内地客啊，你要返大陆找的啊，你乡下的亲戚朋友，初中同学，全是隐形客户。

阿珍只是微笑着摇头，别的师奶讲的话，全是神话。落到自己的现实，结婚时候的金银器都已经典当了的，珍藏了几年的燕窝终于也找到了买家，买家的话是难听的，蠢成这样？燕窝这种东西能放这么长时间的？阿珍的脸白一阵青一阵，阿珍是真的不懂，阿珍也没有吃过燕窝，就是以前老公有个小厂的时候，也没有吃过。阿珍只知道燕窝是好东西，阿珍一直以为，好东西就是可以一直放下去的。

帮忙找买家的陈姑娘在旁边连连地说好话，李太就是我们社区出名的好做善事，仁人仁心，也不是真指着这点燕窝来吃。

李太说，做善事呢，是不求回报的，但是陈姑娘你心里头也清楚的，陈货，真的是白送谁谁都不要的。

陈姑娘说就是就是，李太就是心善。

阿珍埋着头，咬着嘴唇。当第一只金戒指的时候很慌张，手抖得票据都拿不稳当，第二只第三只，阿珍已经熟门熟路，心里面也真的没有想什么，什么都没有想。

陈姑娘不是学校的社工姑娘，学校社工只管学生，学生的情绪失常，家庭支援。陈姑娘是在旺角的街市认得的，她在行社中心摆摊，推广基础英语、进阶广东话、新来港人士课程，推介收银、家务助理、保健按摩等服务。阿珍拎着一袋菜心，停在陈姑娘的摊位前面。

陈姑娘热情地迎了上来，热情的广东普通话，邀请阿珍有空没空都要去中心坐一坐，接触接触其他的新来港妇女，真正融入香港社会，成为新香港人。

刚刚做社工不到一年的陈姑娘，热情得像一朵金花。中心里另一位黄姑娘，平淡得多，做久了的社工，都是平淡的。有时候送完孩子们，阿珍真的走去中心，油麻地，旺角和佐敦的中间，界限都不是很分明的。陈姑娘不在，跟进哪个案，去了哪里。黄姑娘说，坐一下先呢。没有错的句子，听来却很难堪。阿珍跟中心的姑娘们讲过现时的困境，可不可以申请政府的基金？阿珍从报上看到有个及时雨基金会的，阿珍寄希望于这个支援，撑多两个月也好。黄姑娘是资深社工，申请的流程，都要跟黄姑娘谈。黄姑娘站起来，往后边的房间走，阿珍跟住她，都往后边走。走廊里一排叠起来的胶椅，靠住墙角，很旧了的胶椅。

黄姑娘摸出一串锁匙，开了门，走廊尽头的贮藏室，竟然也好大一间。扑面而来，陈了的，有点发蒙的气味，倒跟阿珍放到陈年的燕窝气味一样。

需要什么就拿什么，黄姑娘和气地说。阿珍看到好多旧衣服，一袋又一袋，架子上是罐头，过年节的包装，每一样都排得整整齐齐。

阿珍转头看了黄姑娘一眼，黄姑娘鼓励地回了阿珍一眼，拿吧拿吧。

阿珍说我不需要这个，阿珍说我不需要。

黄姑娘瞪大了眼睛，阿珍看不出来她的表情，阿珍看不出来。

黄姑娘锁门的动作很轻很慢。都是善心人捐来的，黄姑娘说，有人需要。

阿珍不知道说什么好。阿珍只好说，我不是申请综援，我马上就拿到身份证了，我就去工作。

黄姑娘不说话，脸色也很平淡。

我已经报了中心的初级收银员班，阿珍又说。

黄姑娘说哦。

阿珍等到中午，陈姑娘没有回来，大概是在外头吃饭了。楼下教室有集体舞妇女恒常班，象征性的，五块钱学费，阿珍不去，倒不是学费，也不是没有时间，怀旧金曲，彩环太极剑，这些班，都跟阿珍没有关系的。对于阿珍来说，去工作，就是融入香港社会。

阿珍原本是要跟姑娘说说话的，可是没有说出来的话，就说不出来了。最坏也不能拿综援。阿珍对自己说，香港人会说你对香港没有贡献，倒要过来用我们香港的福利，一辈子顶着这个名，抬不起头。

阿珍就想到了阿芳，阿珍想如果我能劝住阿芳，叫她不饮酒，阿芳就不会得肝病，阿芳不得肝病，就不会这么早死，阿芳不死，阿芳的孩子们也不会小小年纪没有了妈，没了妈的小孩，全世界最可怜。倒是阿芳过世第二个月，公屋的申请就下来了，还是新起的公屋，什么都是崭新的，阿芳家的小的，也排到一间特殊幼儿中心，每天还有中心的车接送，大的更是好命地被派到了区里最好的小学。阿芳家的乡下姨婆跟社工姑娘说这些话的时候，阿珍远远地站在旁边，说不出来一句话。阿珍替过了世的阿芳高兴，心里又难过，新的公屋，阿芳没有住过一天，老大的好小学，阿芳没有看到一眼，老二的特殊教育，阿芳也没有亲见，只是预知了的会给安排好。只是所有的好起来的日子，阿芳都没有享受到。于是阿珍知道，活着的人，要活下去。

忙的日子总是飞快的，到了秋天，老公做了手术，竟然神奇地站了起来，加上理疗，还可以走动几步了。阿珍只以为公院的排队都是要排几年的，阿珍也做了狠吃几年苦的准备，拿到身份证就找了两份工，一份在荃湾，小时工，但是离家近，还有孩子要照应，下了荃湾的工再赶去佐敦，孩子们已经不在佐敦上学了，过渡学校也已经改了名，搬去了九龙城，阿珍找这份佐敦的工，一是近着尖沙咀，到底人工高些，再是阿珍竟是这么熟佐敦的，一个学期，小半年，来来回回地在佐敦的街头奔走，大店小店的开业结业，早晨派头条日报的阿姐站的位置，再也没有比她更熟的了。头条日报，阿珍总是要拿两份，荃湾上车的时候拿一份，出佐敦站的站口再拿一份，阿珍也不看，报纸拿在手里，出站左转，第三个路口，离学校台阶还有十米的街沿，坐着一个整理纸皮的老太太，阿珍小心地把两份报纸放在那堆纸皮的上面，老太太总是要抬起头说多谢，可是阿珍实际上也给不到她什么，阿珍总是快步走掉。

孩子们被政府派位去了传统学校，过渡学校也搬掉了以后，阿珍不再需要在佐敦站出站左转，有一个傍晚，阿珍上工的路，走了神，出站，左转，第三个路口，老太太还坐在那里，双手捧住一个胶碗，盛的好像粥，黑胶袋包住胶碗，一口粥，一口咬不动的渣，吐落胶袋。阿珍走过去，一张二十元，小心地放在那堆纸皮的上面。老太太抬头望了那张二十元一眼，又低了头，继续吃粥，胶袋包住的粥，老太太没有说一个字。阿珍快步走掉，阿珍也没有勇气再往前走几米，再去望一眼那段台阶，走了半年的，整个佐敦最长的台阶。那段台阶上面，葛蕾丝说过我不吃燕窝，那段台阶上面，过渡学校的校工对阿珍说，不要担忧，新移民的仔也考得入香港大学。

阿珍再也没有见过那段台阶。可是阿珍记得那个傍晚，渡船街，上工的中西药房，刚打了卡，接到医院的通知，说是排到期，下周就可以手术，阿珍的眼泪才落了下来。

尖沙咀

陈苗苗有一只猫，直到她找了一个有一只狗的老公。

当然陈苗苗也很爱她老公的狗，只是猫狗不和，陈苗苗的猫只好留在娘家，陈苗苗和老公还有老公的狗生活在一起。

每个人都不看好陈苗苗的婚姻，因为比老公大了六岁，七零后和八零后的差别。

但是八零后猛烈地追求，用的全是八零后的招式，乱出，完全没有套路的，七零后招架不住，结婚。

婚后第六年，陈苗苗和老公来到香港找我玩。

诚实地说，我跟陈苗苗实在不熟。我们也吃过几次饭，但是说也说不到一块儿去，比如她说的全是猫，我还想说点别的什么。

她说现在的人有多残忍，杀猫杀狗，吃猫吃狗。我说我不吃。

她说她有一群志同道合的好朋友，大家每天都救助流浪猫。我说这也得有空，我就经常没有空。

陈苗苗的老公在旁边鄙夷地笑了一声。

陈苗苗的老公刚刚买了一条新皮带，就是那种巨大英文字母嵌在肚脐眼下方的皮带。陈苗苗的老公手往上举，我们就会看到那些字母，这一次是个 H。

我要买一双有翅膀的最潮的运动鞋，陈苗苗的老公说。

那得去旺角，朗豪坊，我说。

那就去朗豪坊，陈苗苗的老公说。

我带着陈苗苗和陈苗苗的老公去了朗豪坊。那双有翅膀又有黄金边的很潮很潮的球鞋吓到我了，我从来没有见过那么丑的球鞋。

我说陈苗苗你老公的脚是黄金的吗？他要这双鞋。

就是这样的。陈苗苗说，就是这样的，他要这双鞋。

这可是限量版的。陈苗苗的老公说，太便宜了，大陆可贵了，还没有这个款。

我注意到信用卡是陈苗苗的。当然对于一对结婚了六年的夫妇，信用卡是谁的都不应该被注意到。他们俩是一起的。

我们下星期去日本旅行。陈苗苗说，去完香港就去。

回来的路上，我们经过了玩具反斗城，陈苗苗的老公给自己挑选玩具的间隙，我和陈苗苗站在玩具反斗城的门口聊了一会儿。陈苗苗说，那些混蛋，又在我背后说我。

我看了陈苗苗的老公一眼，他已经在胳肢窝下面夹了两盒变形金刚，我敢说那是全香港最大的两盒变形金刚。

又说你什么？我说，你老公想过没有，那两大盒东西怎么塞得进你们的行李箱。

拎在手里好了。陈苗苗说，你知不知道，他们有多混蛋，他们每天都在背后说我。

好吧。我说，可是一个三十岁的男人，为什么还要玩变形金刚？

他又没有别的爱好。陈苗苗说，他只跟他的朋友们一起打打篮球，玩玩玩具。

你们有了小孩就好了。我说，你老公就不会玩玩具了。

没有小孩。陈苗苗说，他不能生，看了医生，我婆婆还叫我看医生，医生讲是她儿子不能生，她都闭不了嘴。

我不知道说什么好了。我只好说，会好起来的。

吃药。陈苗苗说，现在在吃药。

以后会有小孩吧？我小心地说。

谁知道。陈苗苗说。

我可以把这两盒放你家吧。陈苗苗的老公说，我还想要去尖沙咀买一块表。

到处都是表店。我说，这儿就有一排。

可是我只要那一款。陈苗苗的老公说，我的朋友告诉我，只有尖沙咀的那间表店有。

我看着他。好吧，我说。

陈苗苗没有去尖沙咀，陈苗苗跟着我回家。

漫长的港铁，我什么都不想说。陈苗苗说，那些野猫并没有妨碍到他们啊，他们就是太坏了。旺角到九龙塘，挤到脸贴着脸，我看得清楚陈苗苗眼角的细纹。

任何生命都有存在的意义，就算是小小的生命，都有小小的存在的意义，陈苗苗又说。

我什么都不想说。

是吧？陈苗苗说。

为什么不买个眼霜用用呢。我说，你看你那么干。

我从来不用那些霜啊水啊的，我也从来不化妆。陈苗苗说，我老公还总给我买名牌包包，我都是不用的，他还生气，问我为什么不用，我就是不喜欢名牌啊，我就喜欢用环保袋。

我看了一下陈苗苗的包包，我觉得那个包包一点儿也不像环保袋。我说那你老公为什么那么爱名牌。

还不是他那些打球的朋友，那些富二代。陈苗苗愤怒地说，他们把他带坏了。

他们今天换块表，明天又换一块表，他们打球就穿那些奇形怪状的鞋，他们可以天天换啊，那些真正的富二代，他也跟着他们，混到他以为自己也是富二代。

他不就是富二代吗。我说，你们俩这么有钱。

多有钱？陈苗苗警惕地看着我。

比我有钱，我说。

又不是他的钱。陈苗苗说，也不是我的钱，我爸妈的钱。

你老公在外面有人吗？我说。

大围转乌溪沙的铁路，下午的阳光斜照到车厢，我对我的女朋友陈苗苗说，你老公在外面有人吗？

陈苗苗的眼睛瞪得好像一只猫。

没有。陈苗苗说，肯定没有，要有我就跟他离婚！

我说是吗？

是的。陈苗苗说，肯定没有。

别放在心上亲爱的。我说，我就是这么一说，很多时候我说话不经过大脑的。

没关系。陈苗苗说。

陈苗苗和老公离开香港以后就离婚了，他们没有去日本。

那块表呢？我问陈苗苗。

砸了。陈苗苗回答。

不是吧。我说，你忘了咱俩为了那块表的付出？

陈苗苗的老公买了那块表以后，吃饭都不定心了，他时时把他的左手腕亮出来，左看右看，唉声叹气。

你觉得怎么样？他突然把他的手伸到我的面前。

还好，我说。

我真的太喜欢了。陈苗苗的老公说，我太喜欢这块表了。他的大拇指在表面上来回地摩擦。

保证书放好。我说，过两年再拿回来保养。

什么保证书？陈苗苗的老公停止了抚摸他的表。

这块表的保证书啊。我说，好像它的出生证明一样。

陈苗苗的老公开始翻他的包包，所有的东西倒出来，那是一个男士用的，LV。

哎，LV耶，我说。

陈苗苗生气地看了我一眼，说，就是他这个包，让我成了一个大笑话，他非要用这个包去上班，他非要。

是的，陈苗苗和老公，是同事。这一对夫妻已经同进同出六年了。

我跟他讲，我自己不用名牌，但是没有反对你用，你可以在假期的时候用啊，你可以出去玩的时候用啊，你为什么就要用着它去上班呢。陈苗苗说。

陈苗苗的老公没有顾得上说话，他的头都没有抬一下。

找到了找到了，他翻出一张纸。

我说这是收据啊，收据又不是保证书。

陈苗苗的老公呼地一下站了起来。现在去尖沙咀！他用吼的。

吃完吃完，我说。

陈苗苗愤怒地望着他，脸都通红了。

亲爱的亲爱的，我们再去一下尖沙咀嘛。陈苗苗的老公搂住陈苗苗的肩膀。

我只好别过头，我的另一面是一面墙，很不平滑的墙面。

我有点心疼陈苗苗，她穿了一双高跟鞋。我们走在尖东站的地底下，她的鞋跟每一下都在敲打着我的心。我经常在爬山的时候看到穿高跟凉鞋和连衣裙的女人，我经常心疼她们，是的我有时候会离开香港去爬山，深圳的莲花山，广州的白云山。这些山上，全都爬着穿高跟鞋的女人们。

我心疼我的陈苗苗，在这之前，她的老公已经停留在一个小商场的表档，他试图估计一下他那块表的价值。

我们在小表档的周围徘徊。陈苗苗的老公说，你去，你去问他要不要收购我的表，多少钱。

我看着他。我说好吧。

表档的师傅坚决地说他又不是收表的，他只是修表的，换电池的。

我看了一下那些表，八达通表，儿童表，电子表，亮晶晶，他确实只是一个修表的。

我陪你去尖沙咀，我说。

在这个表档之前，我们已经停留在一家金铺的前面，陈苗苗的老公说，你去，你去问他们哪里有收购名牌手表的，我想让他们看一下我的表，我担心我的表是假的。

站在金铺门口的香港先生用很硬的普通话说他不知道，香港人说起普通话来都是很硬的，不是他们故意地硬，广东人自己都是很硬的。

是吗？我说。我用很硬的英语说，是吗？

那儿有一个表档。他的手往远方一指，也许你们应该去那儿看看，他用更硬的英语说。香港人说起英语来也都是很硬的。

表档的师傅说他只是一个修表的。

我陪你去尖沙咀，我说。

如果算上这一次的话，这就是我住了七年香港第七次去尖沙咀。我跟在他们的背后，他们只去过一次，两次？他们倒比我还熟香港。

我从后面看着他们，陈苗苗的老公高大威猛，腰间有一根 H，手里有一个 LV 包包，鞋是带翅膀的。陈苗苗棉麻长裙，环保袋，素颜，直长发，一切都是八零年代的，我是说，八零年代的香港电影，那种八零年代。如果不是人多，我会在尖沙咀哭成狗。

电梯上去，地铁站旁边的一家表行。我说是这家吗？

陈苗苗的老公说不是。

那么是哪家呢？

陈苗苗的老公说忘了。

但是，陈苗苗的老公说，我们可以进这一间表行问他们我的表是不是真的，值多少钱。

我看着他，我说好吧。

表行的职员恭敬地把那块表迎接了进去。

那块表被放在一个黑丝绒垫子的盒子里，雪白的白手套。

绕来绕去的对话以后，请原谅我出于羞涩及遗忘无法复述那些对话，我只记得我和陈苗苗一直在避免自己被视作土豪。她都要哭出来了。

表行的职员用十分流利的普通话说，其实你们一进来我就知道你们想要什么。

但是我是不会告诉你们这块表是不是真的，我更不会告诉你们它值多少钱。他笑着说，我不能。

那是一张见过了最多游客的脸。奇怪的是，那张脸上看不到一丝香港的痕迹，我竟然有点喜欢那张脸。

那些混蛋。陈苗苗说，他们把猫弄死，尸体放在我的办公桌上。

我累到什么都不想说，所以我假装没有听到这一句，尸体放在桌上。

　　陈苗苗睡到半夜，起床喝水。这个时候，陈苗苗的老公一般是在电脑前面打游戏，陈苗苗的老公又没有别的爱好，打个球，玩个乐高，打个游戏。

　　如果这个时候有一场地震，陈苗苗肯定是在一分钟前就能预感得到。

　　当然没有地震，只是陈苗苗在经过她老公的时候，老公关闭了所有的窗口。实际上陈苗苗也不是很确定是这样，陈苗苗睡得半醒，眼睛都没有全睁开。

　　所以，陈苗苗在喝水的这个片刻，还是没有什么感想的。直到陈苗苗的老公搂住了她说亲爱的亲爱的，我又没有做什么。陈苗苗突然醒了。

　　他们都骗我。陈苗苗说，那群混蛋。我还带宵夜去他们的球场，请他们吃。

　　我也睡得半醒，半闭着眼听她的电话。

　　现在想起来，他们看我的眼神真是诡异啊。陈苗苗说，他们怎么还笑得出来。

　　因为他们是八零后。我搭了一句，还有九零后。

　　那个女的就是九零后。陈苗苗说。

　　她看上你老公什么啦。我说，又老又丑，又穷。

　　所以他要穿名牌啊，买名表。陈苗苗说，九零后就以为他有钱。

　　球场是他的吧。我说，我要是小姑娘，也以为他有钱。

　　我的。陈苗苗说，我的。

　　有意思吗？我说。

　　他昨天还跟我讲要换车。陈苗苗说，他讲要换一百万的车，几十万的车开出去不嫌寒酸？

我都是港铁。我说，港铁开出去不寒酸。

陈苗苗轻轻地笑了一声，竟然笑得跟她老公一样。

他昨天还跟我讲换车。陈苗苗说，他通奸，还跟我要车。

你有证据吗？我说，要是还没撕，现在去收集他通奸的证据，保护你自己的财产紧要。

撕了。陈苗苗说，家里一塌糊涂。

那两盒乐高呢？我停顿了一下，说。

什么乐高？陈苗苗说。

那块表呢？我又问。

砸了。陈苗苗回答。

不是吧？我说，你忘了咱俩为了那块表的付出？

我接下来的日子不好过。陈苗苗说，这个婚会离得很艰难很漫长。

陈苗苗的离婚用了三个星期。

再找个小姑娘。婆婆安慰陈苗苗的老公，这六年不容易，离吧赶紧离。

陈苗苗的老公说我要一百万的车。

他不想离。陈苗苗说，他自己是不想离婚的。

我知道他不想离。陈苗苗说，全是我公公婆婆的主意。

他自己是不要离的。陈苗苗说，我知道的。

我不说话。

有一些我也认识的混蛋已经告诉我，陈苗苗的老公，呃，前夫，又婚了。我不知道陈苗苗知不知道，因为她还在跟我讲，他不想离。

九零后已经跟了几年了。富二代混蛋们说，天天晚上打球的时候她都在旁边。

这个事儿吧。就是太，好，玩，儿，了！富二代们说。

我不生富二代的气，我生陈苗苗的气。我生气是因为我好不容易回趟内地，约陈苗苗吃饭，她会拒绝我，因为她要准时回家做晚饭，让老公吃好了去打球。

你们家这么富，为什么不在外面吃？我直接说。

因为是一个家。陈苗苗振振有词，每天回家做晚饭，吃晚饭，就是一个家。

你看你看，对于一个七零后棉麻长裙来说，家就是每天回家吃晚饭。所以她离婚了。

九零后知道他离婚没钱了，为什么还要结婚？我问那群打球的混蛋，九零后傻的吗？

因为肚子里有小孩了，他们说。

谁的？我说。

谁知道是谁的，他们说。

多好。婆婆说，有小孩了。离婚，再结婚，赶紧的。

怎么可能是他的？我跟陈苗苗说。

是谁的有什么重要？陈苗苗冷笑，只要是个小孩。

你也终于可以生你自己的小孩了。我小心地说，这次找个对的。

我不去想那些。陈苗苗说，我只要上好我的班，做好我自己的工作。

你怎么还能够去上班？我说，见了面多奇怪。

我为什么不能去上班？陈苗苗说，我偏要去。倒是他，每次都躲着我。有一次在食堂门口迎面碰上，他居然转身跑了，他真的用跑的哦。

我笑不出来。

我小时候有一个朋友，与老公非常恩爱。有一天老公突然走到寺里去出家了，衬衫都没有带走一件，当然出家人也不再需要衬衫了。她再也没有见过他。直到有一天在街上迎面碰上，那个穿着看不出颜色袍子的和尚，就别过头，在大街上奔跑了起来。我的朋友站在街头，笑了一整夜。

我笑不出来。

我有一个小时候的朋友，结婚的第二天老公就有了外遇，不回家睡觉，还找来找去找不到。我的朋友一到傍晚就来找我陪她一起找老公。直到有一天在街上迎面碰上，她的老公坐在新欢的摩托车后座，就从摩托车上跳下来，在大街上奔跑了起来。我的朋友追啊追啊，追到一条小弄堂，她的老公钻进了弄堂，不见了。

我笑不出来。

我还有很多朋友，还有很多让我笑不出来的故事，所有笑不出来的故事里面，总是有男人们在奔跑。

陈苗苗没有追逐老公，可是我相信陈苗苗刚毅的表情，紧抿的嘴角，以及坚守的工作岗位，已经足够叫他生活在更深的恐惧之中。直到陈苗苗终于开始使用她工作十年以来攒下的休假，去一些肯定没有人去的地方旅行。那些珍贵的休息日，曾经是她一天都不舍得用的。一个积攒休假，救助流浪猫，每天回家做晚饭的奔四姑娘，终于在失婚之后，开始了她的行走。

好玩吗？我问陈苗苗。

不好玩，陈苗苗回答。

你知道我有两个愿望吧，我说。

离婚和旅行？陈苗苗说。

那也许是全部女人的愿望，可是不是我的。我说，我的愿望只是不要被抢救，死的时候自由。

还有一个呢？陈苗苗说。

我说一是不要救，二是自由。

哦，陈苗苗说。

不好玩。陈苗苗说，那些从网上找的一起旅行的同伴都太奇怪了。

为什么还有同伴？我说，你有没有听过这一句，和爱的人一起出去，那叫旅行。其他的，都叫做旅游。

全是女的，陈苗苗说。

所以是旅游。我说，你和一群网上找来的女人出去旅游。

我就没有遇到过一个还可以的女的，每一个都很怪，陈苗苗说。

我说本身这件事情就很奇怪，网上找的，全是女的，去别人不去的地方，旅游。

陈苗苗沉寂了一阵。

我再次看到她的时候，她穿着汉服。还有一群志同道合的穿汉服的同伴。这一次我一句话都没有说。

她也开始频繁地发猫的照片，一天三次，早安，午安和晚安。其实那只猫一直存在，只是以前不大出现，她一直很小心地保护着她自己的猫。

诚实地说，那只猫有着全世界最薄凉的眼神。我仔细观察了它所有的表情，我想说的是，就我的理解，全世界的猫都是薄凉的，全世界的猫都是野猫。

我没有养过任何动物，我生命中出现的所有动物都是野兽，所以我的理解当然可以被推翻。我不介意。

现在是这样的。早上是陈苗苗站在樱花树下的汉服照，还有一张猫躺在床上的照片。中午是陈苗苗坐在民国建筑里的汉服照，还有一张猫躺在床上的照片。晚上是陈苗苗参加花绢节的汉服照，还有一张猫躺在床上的照片。当然我并不知道花绢节是什么鬼，我的重点在那只猫，它一天到晚躺在床上。一只永远躺着，眼神薄凉的猫。

那些被杀掉的野猫已经被忘掉，不再有尸体出现在她的办公桌上。

倒是真正实现了没有救助，没有杀戮。死的时候自由。

她只是利用他。陈苗苗说，她不是真的爱他。

他就是太单纯了。陈苗苗说，她利用他的单纯。

他又没有什么追求。陈苗苗说，他什么都不懂，他只是打个球。

我要做我们单位的团委书记。陈苗苗的老公说，我也是有个人追求的。

而且我很快就可以做团委书记了，陈苗苗的老公说。

还是在香港，尖东站底，他们还没有离婚。陈苗苗的老公戴着那块不知道真假也不知道值多少钱的手表，对我说，我要做团委书记。

我终于笑了出来。

二十岁那年我对刘芸说过没有
人爱你我的心太疼了，好像没有人
爱我一样。然后是四十岁了我说我
好怕你死啊，你死了我就死了。

——《到直岛去》

到广州去

一个女人，长得再好，走出来珠光宝气，有什么呢，到底是个二奶。

一个二奶女人，气场倒强大到死，就这么立在校监的对面，漆黑眼珠盯住混了血的棕色眼珠，声音都是强直的，证据呢？我儿子犯了事要受罚，证据呢？同学投诉就是证据了？我还投诉你们呢。

奇怪吧，讲话的方式。

到底是没有丈夫的，被抛弃了的。

养在外面的。

她听不到这些声音，实际上也没有这些声音。只是现在的人懒了，七情六欲都在脸上。她时时想起过去的人们，还有人情、面纱、心底里的怜悯。

像她的老公，直接跟她讲，惠姗要生了，你搬去香港吧。那样的一个男人。

四五年前的往事，竟然已模糊了。

若不是父亲走得早，她会跟他吗？她真是有点不知道。父亲是大厂的老厂长，一辈子清廉，厂里分房子，从来没有伸过手，若不是母亲开了口，最后一次的分房都是没有的。其实已经退了，提拔了年轻人当厂长，培养了十几年的徒弟，夜里倒要走去徒弟的家里，开这个口出来。

她在香港的朋友葛蕾丝说这个徒弟忘恩负义，在房子的事情上难一难师傅？

这倒没有。她摇摇头，只是父亲拿着钥匙，新房子里转了一圈，当夜就走了，爆血管。新房子没有住过一天。

走的时候也是放心的，葛蕾丝说，到底家里面的事情安排好了。

她望着葛蕾丝，不知道说什么好。母亲很快也过了世，这间新村房，给了弟弟结婚，弟弟又离婚。她总不能同弟弟争什么。

他就是有钱，她跟了他。

她也同别人讲，他有多爱她，她单纯又可爱，不知道除了他之外的男人是什么样的，生了儿子，完满了。

可是大婆那边也是个儿子。

都说如果男人更爱女人一点就会是儿子，女人的爱更多一点才是女儿。他是爱她？又爱大婆？

四五年前的往事，模糊了不能再去回想。如果伤痛很痛，记忆模糊了也是药。落到现实，每月几万块生活费，定时又准时，一间深圳的厂，有人管，法人挂着她的名字。

他盘算到连她的名字都不放过。

所有的产业都是他的，却没有一个写了他的名字，她不懂。葛蕾丝也不懂，葛蕾丝说你们有钱人就是这样的啊。她笑笑，摇摇头。

所以，他给你多少才是多少。

他不给她钱，他给她厂，明知道她是弄不来的，她若是再找人，当是什么都没有了。他没有明着说，她也没有想过再找人。

一心把儿子养大，她只操这个心。

她没有想过再找人。

香港生活平静，吃饭睡觉，儿子慢慢长大。

只是投资移民投的一层楼，空空荡荡。厅里摆了大梳化，红木家私，还是空荡荡，睡房里的大床，空荡荡。要叫她把这空荡荡的一层楼换成小公屋挤在一起的热闹，她又是不情愿的，她是怎么都不要回去了的，她也回不去了。就这么空空荡荡。反正也是一转眼，什么都是瞬间。不去想明天，明天就是儿子长大。

他不算是再找的人。小时候就见过，第一面好慌张，她跑出他家院子的时候，依稀觉着他在看她，她是顾不得了。十五六岁的年纪，怎么会不慌张。

第二面就是她已经跟了人生了小孩，隔了七年。他仍是只看着她，薄薄的嘴唇，都没有一句话。又过了七年，他才突然说我爱你。之前的电话，QQ，微博，微信，都是没有话的，普通朋友中最冷清的那一种，我爱你那三个字私信传来时，她的眼泪涌出来。

葛蕾丝说你问问他现实是什么，一年一面，今宵欢乐多是吧。

她说可不就是今宵欢乐多。

葛蕾丝说婚外情都是十三点。

她说我也算是婚外情？

葛蕾丝说哎。

她说婚外情也只是个阶段性快乐，还是要回来。

葛蕾丝说人生就是来来回回。

葛蕾丝是儿子同班同学的家长，葛蕾丝的小孩很安静，她的小孩也很安静，两个安静的小孩。

她说我也是一个女人啊我会沦陷啊我又不是神。

葛蕾丝说可是男人都是一样的，有性无情。

有性无情。像一记耳刮子，直接刮到她脸上，她低了头。

我这么大年纪了，折腾我作孽的。她说，你知道我有多绝望，天都是不会亮的，只好去死的那种。

葛蕾丝说哎。葛蕾丝说你多大啊，有的人三十岁才开始。

我要爱一回。她说，我要去爱一回。

去爱，葛蕾丝说。

葛蕾丝，我同你讲，他打动我，因为他讲，我们好像结过婚一样。

痴女人，葛蕾丝说。

葛蕾丝能够成为葛蕾丝是因为葛蕾丝不会对她说，你去信佛啊，你就放得下执念了。葛蕾丝说，你就去爱吧，死啊死啊就死习惯了。

老公从来不来香港，她过年的时候带儿子回去，每回去一次就是苦。往年要看大婆的脸色，今年怕又有惠姗的脸色。

从没敢想过不去，想都是不能想的。她只敢想过，若只是香火，有了两个儿子，又要了惠姗，他只是好色。爱她的话，她拿来骗别人，也拿来骗自己。

知道惠姗那边是个女儿，她也轻出了口气的，可是谁知道以后不会出来惠娴、惠淑……老公，不过是个陌生人。

有时候一个电话就要过去，都不是什么事情，却要她这么赶一趟。

她是空闲的，两个佣人，一个专管儿子，吃饭穿衣，学校的接送，补习班，乐器课。老公定下的佣人，还找家里的算命师傅看了佣人的面相，挑到第四个才定下，这个佣人是只管儿子的，别的不用做。香港的佣人就是便宜。

她是空闲的，却不愿意飞一趟去见老公，她已经是讲一句话都要斟酌的，说错一个字都令他暴怒，她只有沉默，老公说什么，她都是沉默，垂眼低眉，低到土里去。

过了三十岁，眼皮都耷拉下来了，她想着要做一下。

她并没有旺到老公，也是算命师傅看过的，他的生意总有些小波折，他要她搬去香港，是投资，也是命。

她在香港。茶不能天天喝，她是真喝到呕了，脸也不能天天做，她的时间多到她自己都厌。

有一阵子学香港人爬山，断食，想要活久一点，陪伴儿子的时间多一点。又想，何必活那么久，这一生已经厌到了头。

儿子从学校回来，离傍晚的课还有两个小时，吃着茶点，划拉着手机，同她也是没有话的，她也没有问题问他，是她先厌了的，他的眼神凉，她是一早凉了。

她有时候去书店买书回来看，看会子书，能叫整日整夜开着的电视停一会儿。她不去图书馆，很多旧书，老年人，压抑的地方。

香港书店只有亦舒、张爱玲，好像慢了几个年代。

十五六岁的女孩，春天的晚上，后门口，桃树下，对门的年轻人，一面，一句话，你也在这里吗？千万人之中遇见的人，千万年之间的一个瞬间。

坐在家里哭，好过坐在图书馆里哭，香港的图书馆，全是看报的老年人，老年人没有表情。

他过来广州开会，她问他来不来香港。他讲不好随便过来，要审批。

你来。他讲，你来广州。

我为什么要去广州？她说，我从来没有去过广州。

你知道的，我本来不是一定要来广州的这个会，你知道的，他说。

老公突然来了香港，她去广州的前夜。

她打电话给葛蕾丝，葛蕾丝说两个小孩在打球，功课做完了，下楼打个球。葛蕾丝说，怎么了？

她犹豫了一下，说，我老公过来了，想看一眼儿子。

葛蕾丝说哦。葛蕾丝说那我现在去叫他们。

她把电话换了个手，转头望了一眼老公，老公的手还扶着行李箱，她不知道他今夜是住还是不住，她不知道。

快点，葛蕾丝。她说，叫我儿子快点跑过来。

葛蕾丝的屋苑与她的屋苑隔了一个天桥，他们讲她的楼是投资移民楼，她完全不觉得是冒犯，豪华会所，豪华游泳池，金碧辉煌，住的也全是投资移民，每一个女人都是厚底高跟，每一个男人都是标准的普通话，要到一年以后，有一些高跟长裙会换成球鞋牛仔裤，有一些标准普通话会变成略不标准的广东话。然后又会到来一批新的移民，新的高跟和新的普通话。香港就是这样的存在。葛蕾丝家的楼倒是摩登的，立在会所前面的装置，花园里的雕塑，每座楼里挂的画，全是真迹。葛蕾丝笑着说其实都一样，全是投资移民，披一层艺术的皮。

老公坐到沙发上，行李箱靠住沙发边，没有打开。

深圳厂我给惠姗了。他说，跟你说一声。

她说哦，没有抬头，看不到他的脸。

走了。老公站起来。

她慌张。这么急？

老公停了一下，说，嗯，走了。

电梯下到底层，出了大堂，葛蕾丝正带着两个男孩过来。

她看了一眼葛蕾丝，葛蕾丝看了一眼她。

儿子也低着头，很轻的声音，爸。她也看不到儿子的脸，他低着头。身高竟然跟老公差不多高了。

用功念书。老公伸出手轻按了一下儿子的肩膀，说，走了。

她送他到车库，月白衬衫，棉麻拖鞋，空旷的车库，听得到老公皮鞋的声音，一下，又一下。她低着头，仿佛又看到老公皱了眉，略带厌恶的表情。

我没有给你钱买衣服吗？他说。

出来得急。她又开始慌张。下次我会当心的。

太素。他又说，什么都没戴。

在的在的。她慌张到结巴。怕丢了，一直存在床头柜里的，一直。

看着老公的鞋停了下来，鞋尖转了过来，她有点喘不来气。

再等等。他说，给你注册个香港的公司，不用再跑深圳。

她更慌张地点头，涨红了脸。

老公的车开出去，她的脸才凉下来，眼泪也掉下来。

上到地面，葛蕾丝还等在那里。

孩子们都自己回家去了，葛蕾丝说，一起喝杯咖啡？

不了，她冷淡地答，我也回去了，还有事。

你还好吧？葛蕾丝说。

谢谢你。她说，其实你不用赶过来的。

对不起。葛蕾丝说，我就是好奇。

那你终于看到了？她说，我老公就是长的那个样子。

挺好的呀。葛蕾丝说，真是一点都看不出来大你二十岁，自我要求高啊，保养得这么好。

她有点不想生葛蕾丝的气了，她一直没有办法生葛蕾丝的气，这个女人总是一副有情有义没心没肺的样子。

身体素质肯定也特别好。等咖啡的时候，葛蕾丝又笑嘻嘻地说。

她沉了脸，说，是啊，已经有第四个了，还是学校里的学生。

轮到葛蕾丝说不出来话。

我明天去广州。她说，葛蕾丝，我要去广州。

她没有赶上网上预订的火车，因为没有身份证。不知道什么时候丢了身份证，用时才想起来。她只有护照，护照要去窗口拿纸质票。她在深圳北站的窗口排队的时候，车已经开走了。

先是排在自动取票机的队伍里的，有人来问她，是不是去广州？一个光头，话是对着她说的，眼睛却望着远处。

她说是啊，我去广州。她想的是我的脸上真的写了"去广州"三个字吗？

光头亮出他的名片，又收回去，她只望见上面写着一行字，深圳—广州。

多少钱？她问。她知道她是有点赶不上她的火车了。

一百。光头答，上车即走。

真的吗？她说。

光头不耐烦地到处望。

只要一百吗？她说，我买张火车票也一百啊。

突然出现了另外一个光头。

不要烦，给她到前面买张高铁票算了，后面出现的光头说。

我没有身份证，她说。

两个光头突然都消失了，她话都没有说完。

她使劲找他们的背影，全都是人，每一个人都长得一模一样。

她的队伍一丁点儿也没有移动，每一条队伍都没有移动。她看见旁边的队出现了一个戴红袖套的人，红袖套上一串黄字，有爱有心，好多人围绕着那个红袖套。她就对她后面的人说，对不起请帮我留一下我的位置好吗？后面的人没有说话，她离开队伍的时候只记得他长了一张完全没有醒的脸，那张脸在她说了请帮我留一下我的位置以后好像醒了一下。

她往红袖套那儿挤，红袖套正在指导一个从来没有见过取票机的群众如何取出票来。红袖套很耐心、细致地解释每一个步骤。

你想干什么？有人伸出手，拦住了她。第三个光头，是的又是一个光头，你转来转去的到底要干什么？！

我要取票，她说。她又看了一眼红袖套，我想问问他护照怎么取票。

更多的人围住了他们，光头的手固执地伸长着。不在这儿。光头说，这儿没有。

那我去哪儿？她微弱地问。周围的目光快要让她昏过去了。

那儿！光头手往远方一指。

她终于放下了红袖套，往光头手指的方向走过去。她没有回头，但还是感觉得到他的目光，后背灼热。她突然意识到他是把她当做了黄牛，她想着回一下头，告诉他她不是，但是她没有时间。她只好继续走，没有回头。

在她还排在窗口的时候，车开走了。

她的后面是没有醒的脸，她的前面是没有醒的脸，她的旁边是一个一手举美国护照一手举手机的中年男人，谁的队伍都没有移动。

为什么不在网上买票呢？十五分钟以后，她对她前面的女人说，那个女人长了一张印度尼西亚的脸。

因为网上买不到票了。印尼女人回转头，认真地答，我们一直在刷手机。

网上没有票了，窗口就有票？她说。

也许会有呢？印尼女人侧着头，认真地想了一下，说。印尼女人的同伴手里抓着两台手机，在女人们对话的间隙，他看她一眼，又看她一眼，不停地点刷新键。

完全不移动的队伍。

因为是周末，印尼女人说，周末就是这样的。现在是上午九点，但是只有傍晚的票了。而且网上还购买不了，显示的全是余票不足。

她疲惫地笑了一下，换了一个姿势站。她穿着高跟鞋，因为要到广州去，她穿了一双高跟鞋。

她的目光越过了印尼女人和她同伴，队伍的最前面，整个人都趴在售票窗前的瘦小男人，像一坨橡皮泥一样。她想起了她的童年，手肘总是越过课桌中线的同桌，小时候巨大的烦恼，现在看起来，真的不算是烦恼。

一张票都没有了？真的没有了？一张票都没有了？真的吗？站票呢？站票也没有了？

一张票都没有了？是真的吗？是真的吗？是真的吗？什么票都没有了？

瘦弱的橡皮泥男人反复地追问。

一张票都没有了。真的没有了。一张票都没有了。这是真的。站票也没有了。一张票都没有了。是真的这是真的全部都是真的。

窗后的售票员礼貌地反复地回答。

她注意着他们的对话，快要到队伍的终点，每个人都是紧张的。

滚！她后面的人突然喊了出来。

她没有回头看后面的人，她只看到橡皮泥男人拿出了电话，开始打电话。

售票员离开了座位。

也许只有三分钟，却好像三年那么长。橡皮泥男人仍然在打电话。售票员回到了她的座位，她请他往旁边挪一下。他往旁边挪了一下。

印尼女人和她的同伴靠近窗口，只问了一个问题，一句话，她完全没有听到他们的声音，她只听到售票员说没有，他们立即就离开了，他们从队伍中撤离了出去，一秒都没有逗留。

美国护照从旁边的队伍插了过来。一手护照，一手手机，一个巨大的双肩包。他把手机和护照都贴到了玻璃上，玻璃后面的人请他到别的窗口去。护照取票怎么会在我这个窗口呢？她反问他。他也立即离开了，一秒都没有逗留。一切都发生得太快，但是足够她决定买一张新的票。

没有。售票员说，上午的票一张都没有了。要么下午三点。

她捏着下午的票离开窗口，橡皮泥男人还在打电话，她从弯曲的两条队伍的中间走出去，她知道她的脚跟已经破了，她顾不上去想自己为什么要穿一双从来不穿的高跟鞋。

过了安检，她的左边是一条队，右边也是一条队，两条队都在检票。她走去左边的队伍，去广州？她问。去广州，末尾的人答。于是她没有再去右边的队，她跟住这条去广州的队伍，慢慢往前走。

没有座位的，检票的人说。

她说她知道，她只是想早一点到广州去。检票的人放她进去了。

没有座位的，列车员说。

她说她知道，她只是想早一点到广州去。列车员也没有再说什么。她背靠住车门，车厢与车厢的中间。

脚痛得厉害，但是她顾不上了。深圳到广州的四十分钟，她确实也没有想什么，她不知道她要想点什么好。

被转卖，做妾，又经过许多事的女人，见到小时候见过的人，一句你也在这里，是爱。她想的全是这个。

下车前，她给葛蕾丝发了条微信，我到广州了。

出租车的标识全是乱的，她的高跟鞋，走到这里，又走到那里，哪里都画着车，哪里都没有车。

要车吗？有人跟住了她。

她停了下来。车在哪儿？她问。

就在这儿。

哪儿？她说，我看不到车。

不就在这儿？

她继续往前走，很小的一个出口，暗沉的茶色的窗，她望见外面停着一排车。她往那扇很小的门走。

一百！跟住她的人说。她往小门走。

八十！跟住她的人说。她出了小门。

没有人会打表的！跟住她的人最后喊了一声。

她排在等车的队伍里面，其实也没有什么人。有人上了车，车往前开了三米，人又下来了。有人从后面超过了她，直接上了一辆车，车就开走了。

打表打表！一辆车停在她的前面，司机把头伸出车窗，上车了啦，打表。

她上了车。

你们为什么都不肯打表呢？她说。

我们排个队容易吗？司机反问。

她闭上了嘴。司机问她每个月赚多少钱她当没有听到。

看你的手机就知道你有钱啦，司机又说。

她皱着眉，一句话都不说。车窗外面，树和桥，都不陌生。

她竟然有些眩晕。

这是她第一次去广州，毫不陌生，像是上辈子来过似的，就是他说的，我们上辈子结过婚的。

前生去过的地方，今世会眩晕。

电梯里四面都是镜子，她却看不到自己的样子，她开始发抖，一定是太冷了。

黑色的门，她按下了电铃。没有人开门。她按了第二遍。

她的世界都爆炸了，他戏弄她？这个十五年前的爱人。

门开了。

就像电影里一样，他刚刚淋浴完，头发还是湿的。

她慌张到说不出来话。

她绕开了他，径直往窗口走，窗外是广州的街道，当然与香港很不同，可是她看不出来有什么不同。她什么都看不到，她只是望着窗外。

他也没有话，只是望着她。

她坐了下来。

喝什么吗？他说，我带着茶，我总是带着茶。

好吧，她说。

见第三面的男人，完全不觉得陌生，她相信了前世今生的话。可是又不觉得亲切，她坐得拘谨。这十年，除了老公，她从没有跟一个男人吃过一次饭，更不用说，单独的一个房间。

他递给她一杯茶，炎热夏天，一杯热茶。

一句话都没有。大概是因为话都在微信上说光了。

应该去接你的，他说。

不用不用。她慌张地答，外面的车也进不去火车站。

他笑了一声。她低着头，不敢看他的脸。依稀觉得他的模样，还是十五年前。

什么会？她只好说。

什么会？他说，也不是什么会。

我的意思是，你是做什么的？她说，我都不知道你是做什么的。

他笑了一笑。

她在微信里问过他为什么这些年都没有找过她，他都没有答。

要不要出去吃饭？他说。

好吧，她说。

他夹给她一筷菜，她哭了。

他惊讶地望着她，她说好像我们结过婚一样。

他笑了一笑。

后来他抱住她，她一直在发抖。

你是爱我的吧？她问。

你害怕吗？他答。

我不怕。她坚定地答，她在想她的爱还是自由的。

可是他试图进入她的时候，她推开了他，完全没有犹豫。

他没有笑，他说这样就没有意思了吧。

你去广州做什么的呢？葛蕾丝在微信里问她。

不做什么，她回复她。下午三点，她已经坐在广州火车站，穿着一双酒店的拖鞋。脚跟和脚趾的新伤，每走一步都是剧痛，拖鞋没有减轻伤口的痛苦，可是她穿了一双拖鞋。她用左手提着她的高跟鞋，她已经有了经验，买任何一班车，可以上任何一班车，只是没有座位。

葛蕾丝的电话跟着打了过来。

你哭了吗？葛蕾丝说。

她没有说话。

你为什么哭呢？葛蕾丝说。

她说她没有哭。她也真的没有哭。

我为什么觉得你在哭呢？葛蕾丝说。

刚才吃饭的时候，她说，有人给我夹了一筷菜。

葛蕾丝没有说话。隔了一会儿，葛蕾丝说，你知道吗，我结婚十年以后，第一次独自出门旅行，因为别人帮我提了一下行李箱，我说了谢谢，我不知道我说了多少谢谢，我自己不知道。那个帮了我的陌生人对我说，女士，请你不要再说谢谢了，你说太多谢谢了，你是一位女士，你的谢谢有点太多了。

我没有哭。她说，真的没有。

我在口岸等你。葛蕾丝说，一起喝杯什么。

她穿着酒店的拖鞋，广州南到深圳北，深圳北到福田口岸，火车和地铁。她没有表情。她也什么都没有想，她想的也许是一双拖鞋的旅行，从广州到深圳，马上又要到香港。地铁直接到了福田口岸的地底，她顺着人流进入一架透明电梯，她是最后一个，她不应该进那部电梯的，可是她进去了，最后一个，门的位置。

电梯到二楼，很多人要出去，每个人都撞了一下她。她拎着她的高跟鞋，沉默地接受那些撞击，然后侧身，沉默地把自己藏到电梯的最里面。她想起了童年时同桌的小刀，因为她的橡皮过了线，同桌用小刀把那块橡皮切成小块，一小块，一小块，破碎的橡皮，再推过线，还给她。她想过橡皮是会痛的，橡皮真的会痛吗？

你就不能先从电梯里出去吗？挡着个门，你死的吗？一个声音冲着她说。

她吃惊地抬头，电梯里还有两个人，一个女人和一个男人，戴眼镜的女人，头发竖起来的男人。那个男人正瞪着她，你死了吗？

你说什么？她慌张地望着他。

我叫你死出去！男人用吼的。

她愣了一下。你怎么可以这么对待一个女人？她更慌张地说，你是男人吗？

你是人吗？男人反应很快地说，脸快要凑到她的脸上。你是人吗？

好样的儿子！戴眼镜的女人急促又欢快的声音。

她才注意到这个女人是这个男人的母亲，这个打扮得很得体的母亲说了一句，好样的儿子。

她说不出来话。

你是人吗？那张年轻男人的脸离她更近了一些。她慌张地后退了一步。太棒了儿子！母亲的声音。

这里是深圳吗？她无助地朝四周看，如果是香港，她想到她还可以报警，可是这里是深圳。

深圳是这样的吗？她喘不过来气，语无伦次。

那你不要来深圳啊！年轻男人的声音像是要炸开来，谁叫你来深圳的？滚！

儿子你就是太棒了！母亲的声音，声音已经在电梯的外面，那个"滚"字是在电梯门关上的瞬间滚进来的。她愣在那里，电梯又往下落，她伸出手，想去按开门的键，一时找不到那个键，她乱了。她想的是她要盯住那对母子的眼睛，告诉他们，深圳不是他们的。

但是没有，她没有找到那个键，电梯又落下了。

到深圳去

　　我带着我爸妈的行李箱出门的时候还在想，我要不要去搭港铁呢？箱子倒是不大，只是太重了，若是的士，我肯定是没有这个力气把箱子搬上搬下的。

　　可是拉着箱子到了楼下，我只能改变主意，真的是挪一步都困难。

　　我坐上了的士。

　　去口岸。我说，落马洲。

　　司机从后视镜里看了我一眼。

　　我像是一个水客吗？我说。

　　不像，司机说。

　　行李箱，再加两个手提包，去口岸，不像？我说。

　　水客都是四五个人挤一辆车的，司机说。

　　那怎么挤啊？我说。

　　就那么挤啊，司机说。

　　我开始整理手提包，看看是不是能够并成一个。当然不成，要能并我一早就并好了。我把手提包放在座位的右侧，两个包都是鼓鼓的。行李箱当然也是塞得满满的，全是我爸妈的衣服。他们过来香港看我，一个月，但是带了一年四季全套衣服，香港又是没有四季的，他们也是知道这一点的，而且这也不是他们第一次来香港，但是他们就是带了全部的衣服。我想起来我爸在比较困难的年代会用饭盒装滚水烫他的衬衫，我妈老跟我提家道中落了，吃个吐司只好在煤球炉上烤。但她可以不吃啊。我是这么想的，又不是没有别的东西吃。我可以很努力地去理解他们，但是我真的太不赞同他们了。这一次，我知道我爸肯定会带西装，但他把西装拎出来的时候我还是崩溃了，三套，光是西装，他就带了三套，还有皮鞋。我说，爸，这一个月我又不毕业，不结婚，孩子不满月，您非带西装干嘛呀？他说，备用啊。我说，我还能突击毕业，结婚和生孩子啊？他说，反正得备个用啊，就跟钱包里没有现金我是不会出门的一样。我说，对，所以上一次您过来，非往钱包里装的现金就没有啦。我爸不说话。我妈就说了，这个事情不能再提了，再提你爸就要发火了。我马上闭嘴。我也觉得我真是在外面晃荡得太久了。顶父亲的嘴，这要在二十年前，是完全不可能发生的事情。

的士开了一段，司机说，你确定要到落马洲？

我说，确定啊，我要去深圳，我去寄这个箱子。

我跟你说，你不如去上水，落马洲全是水货客，挤在一块儿卸货卸半天，车都得排队等着，司机说。

那我怎么办啊？我说。我可不想跟他们一样，我的眼前都浮现出了一个景象，一群拖家带口的中老年水客，弯着腰把货物搬来搬去，顾不得周围鄙夷的目光。

去上水啊。司机说，那儿没有水货客。

我看到报上说上水有反水客游行的。我说，还有个过路的家长被逼得把行李箱打开给他们看，她说她不是一个运奶粉的，她只是给她的小孩拖书，书太重了。她说了好多遍，她的箱子摊开着，她的小孩在旁边死命地哭。

司机不说话。

又开了一段，司机说，到底去哪儿？上水还是落马洲？

我说，不是你说的上水吗？

司机说，我只是建议。

上水吧，我说。

车还没停下来，我已经开始后悔了。上水果然没有什么水客，但是充满了水客的味道。我也不知道我的感觉是怎么来的。

而且我发现我没有港币。为了去深圳，我往钱包里装了一把人民币，于是没有港币。

我再在钱包里翻了一遍，果然是没有港币，一张都没有。我只好把脸凑得往前一点，说，不好意思啊，我只有人民币。

你这个人怎么搞的嘛，司机说。

我把钱包翻给他看。

人民币就人民币吧，司机不高兴地说。

我赶紧递上人民币，并且送上一堆感谢的话。司机找回了我十元港币，这是我没有想到的，于是现在我又有港币了。

我下了车，一个行李箱，两个手提包，大太阳晒得我头昏眼花。我挎了一个包，另一个手提包放在行李箱的上面，很快它就滚下来了。我只好把它捡起来，也挎在我的手腕上，然后拉着箱子，往上水站的闸口走去。每一步都像是走在刀尖上。

但我的心是满足的，我想到要不是我执意要去深圳寄这个箱子，大后天就是我爸妈拉着这个箱子去红磡火车站回上海。我爸都七十了，让他受这个罪，我的心都碎了。只要不让父母受累，就算是让我脖子上挂个我是水客的纸牌，头上戴个高帽子过海关，我都愿意。我这么想了一下。

过来称一下！闸口的工作人员拦住了我。

为什么？我说。

规定！工作人员指了一指告示牌，可是要不是她指，我都没注意到，她的身后有那么一块黄色又巨大的告示牌，一篇长文，图文并茂，就像是给水客看的。我顾不上看文，两手用力，把箱子提上了她脚旁的秤，我的腰都扭到了。

包也要放上来，她说。

为什么？我说。

规定！她不耐烦了，都说了是规定！

我肯定有了错觉，我以为我不是在香港。我还是动作很快地把手提包也放了上去，一个包又滚了下来。

超重了！工作人员说。

什么意思？我说。

超了零点五公斤。工作人员说，你不可以进站。

我的头都要炸了。

我觉得我再问为什么我就太傻了。

我就说，你是觉得我是一个水客吗？

我可没这么说。她说，我们这个规定也不是针对水客的。

那我怎么办？我说。

她不理我，她很熟练地训斥了一个动作太慢的水客。我可以肯定他是一个水客，他拖着一个架子，上面绑满了益力多，但是他顺利地进站了。

我就不明白了，还有人水货益力多的，我在心里面想，它就那么好喝吗？这快要四十度的高温，人力从香港运到深圳，再从深圳不知道运到哪里。

我怎么办呢？我回到现实中来。工作人员持续地不理我。

往旁边去一点！她突然想起来说，你都挡到别人进站了！

我往旁边去了一点，我的脑子里是空白的。

每一个人进站的时候都看了我一眼，我这才觉得我刚才说的要戴个高帽过海关的话，我真是太傻了。

你去搭巴士。工作人员说，眼睛却不看着我。

你搭巴士去口岸，她又说，声音小了一些，像是心软了。

我从来没有搭过巴士。我说，我都不知道巴士站在哪儿。

她看着我。

我刚刚才从的士上下来，我说。我回头看了一眼的士站，当然，那个司机和那辆的士早就不见了。

那你回去搭的士啊！她说。话又硬起来。我还以为她终于会让我进站呢。

一个胖子进站的时候多看了我两眼。我回看了他，他频频地回头看我。

我就在红线的外面，一步。可是我进不去。我绝望得要死了。

去落马洲的车开过去三班了，去罗湖的车开过去三十班了。我站在闸外，眼睁睁地看着那些车，开来了，又开走了。我带了一个装满我爸妈衣服的箱子，它们超重了零点五公斤。

分界线就在我的脚边，只要一步。我死死地盯着那道线。

工作人员警惕地注意着我。

我抬起了头，叹了一口气，一个箱子，两个包，我冲不了闸。而且我清醒地意识到，我是不会为了一箱衣服在上水警察局留下案底的。我又叹了一口气，工作人员也松了一口气。

我突然想到，如果我可以请一个进站的陌生人帮助我带一个包进去，就一个包，就一步，一米。

这么想着，我就问了一下工作人员，我可不可以这么干。

工作人员翻了一个很明显的白眼。

一位女士正要进站，我很友好地凑了上去，我说，对不起，打扰您一下。她很凶地瞪了我一眼，麻利地刷了卡，进站了。

　　然后是第二个和第三个。

　　一个胖子打着电话走过来了，他站在闸口，浑身上下地掏他的八达通，一边掏一边讲电话。我听到他讲的是英文，我就也很高兴地用了一下我的英文，我觉得之前的三个都没有成功，肯定是因为他们听不太懂国语。我用英文说：先生，可不可以请您帮我一个忙。

　　胖先生用英文回复说，请你自己帮你自己的忙。他终于摸到了他的八达通，刷卡，进站了。

　　我站在原地。如果我有一把枪，是的，如果我还在美国，我一定会掏出我的枪。我这么想着我就觉得我的问题真的开始大了，什么样的二十二公斤，能把人逼成神经病。

　　一个老头儿冲了过来，一把拎起我的手提包就进站，还是两个。我赶紧推着我的箱子跟在他的后面。您不收钱吧您收钱吧您要多少钱？我大声地说。

　　我不收钱！他也大声地说，广东话。但是我听懂了。

　　您真不收钱吧？我又重复了一遍。

　　我不收钱！他也重复了一遍。

　　太感谢您啦。我说，快放下吧，太重了太不好意思啦。我顾不上后边工作人员的眼睛，我知道她在看我，但是现在我不归她管了。

　　老头儿把包放下，很快地走掉了。我都没有看到他的脸。一个跟我爸差不多年纪的老头儿。要是我爸知道这事儿，肯定难过死了。我决定不跟我爸说，一句话都不说。

　　上了去落马洲的车，我给我妈发了一个短信，我说，我身上居然没有港币，刚才只好用人民币付出租车钱，一比一。我这是赚了呢还是亏了呢？

我妈说，当然是赚啊，要不你还得让车再开回来拿钱，搭上时间和精力，你就真亏大了。你得感谢那个司机愿意收你人民币。

我妈是这样的。我跟她说我得买房子，不买房，钱不值钱了。她说买了房，房不值钱了。我一时也找不到话反驳她。

上水到落马洲的五分钟，我靠着箱子站着，手提包没有再从行李箱上滚下去，我也不想坐了。车头车尾全是蹲在地上整理货物的水客，动作飞快。我之前从来没有看过他们一眼，我也深港来回了好多遍，我都没有看过他们一眼。这一次我看了他们一眼，他们的脸和衣服都是灰的。现在好了，我跟他们一样了。大家都一样了。

车到站，我没能出车厢。外面的人蜂拥而上，他们和他们的箱子把我堵得死死的，我简直是往死里喊"唔该"了，没有人理我，他们冲撞着我和我的箱子，我又有了绝望的心。

还好他们到底是为了一个座位，不是我，尘埃落定，出口还是留了空。我先把手提包拎了出去，然后是箱子，箱子的滚轮卡在空隙，我又用了一下力，我的腰彻底毁了。

我往升降梯走去，每一步都艰难。自动扶梯就在眼前，但是我不打算使用扶梯。我想的是，如果我控制不好，我就连人带箱滚下去了。我经过扶梯的时候还是挣扎了一下，升降机还在远方，手提包都掉了两次了。也有人拖着更大的箱子走扶梯，那些人摆着很好的姿势，他们肯定是经常练习的。我经过了扶梯，我对我自己说我只有这一次，再也没有下一次。我不需要练习。

升降梯前面居然没有多少人。我远远地望了一眼扶梯，扶梯的确分流了大部分的箱子。要不是这一个观察，我都不知道我之前使用的那些扶梯都是很危险的，我不知道。

排在前面的儿童车家长警觉地看了我一眼，我都不知道她警觉什么，我的箱子离儿童车很远，而且升降机也足够大。我只好再退了一步。

升降梯缓慢地来了。几个大箱子突然从我的后面超了过去，进入了升降梯。儿童车家长生气地看了我一眼，我只好生气地回看了她一眼。电梯门快要合上，家长伸长了手，门又打开了。电梯里的人使劲地按关门键，家长使劲地伸长着她的手，她和她的儿童车终于也进入了升降梯，现在电梯里面可真是有点挤了。门再次关闭，我都没有看到儿童车里的儿童。是个男童，还是一个女童？怎么都没有声音的？

升降梯再来的时候很快，因为人都走得差不多了，我一个人使用一架大电梯，空空荡荡，我都有点不好意思了。

出了电梯门，看到港铁的闸口，我才想起来，还有这么一道关口。

我强作镇静地往闸口走去，我的手心都开始冒汗了。手提包又滚了下来，我赶紧把它捞起来，用力地按在行李箱上面。

你，过来！这次是一个男工作人员，港铁的黄色制服，穿在男的身上，倒像是一个警员。

叫你过来！没听见啊！他吼起来。

一个水客从我的旁边跑了过去，真的是用跑的，他拖了一个非常巨大的买菜篮，里面的东西都要爆出来了。

叫你呢叫你呢！男工作人员继续地喊，肯定超重了啊！你别跑啊！！

水客头也不回地跑出了闸，我都看不见他了。

我慢慢地刷了卡，也出了闸。这个时刻，我是深深地感谢那个水客的，要是没有他的出现，我肯定是要被拦下来了。拦下来以后呢？也许是要把我遣送回上水吧，我想，还有我的箱子。

出关倒是很顺利，没有任何人注意到我。我的一个箱子，两个手提包，对我来说是巨大的行李，混在了人群里行李群里，真的不算什么了。我想的是，他们根本就不在乎你会背什么出去，他们只在乎你会背什么进去。

　　过天桥的时候我眺望了一下落马洲口岸，没有人，根本就没有人。的士站几乎都是空的，停着几辆的士，绿色的，红色的。我有点生的士司机的气了。但是想想我妈说的话，我的气很快又没有了。我一直觉得，我能够拥有我的父母真是太幸福了，有几次我加班加到快要过劳死的时候，我妈一句"你是要名不要命"马上就能叫我停，所以我会为他们背一个箱子去深圳，无怨无悔的。我想一想我的父母我就充满了动力。但是他们为什么一定就要带这么多的衣服来香港呢？我真的是怎么理解都理解不了。

　　漫长的天桥，我靠在自动行走的电梯的右侧，脚边是已经滚成球的手提包，我再也不想弯腰捡一下它了。我左侧的通道上一直移动着人和行李，就算是行进中的电梯，对他们来说也是不够快的。他们走得飞快，还有人是跑着的，很多轮子就从我的脚背上滚了过去，一个又一个，我都不知道我到底应该把我的脚放在哪里。我只好把我的脚留在原处，然后仰望天空。天桥是封闭的，我只望得到天花板，天花板一块一块，上面有很多细小的孔洞。完全静止的天花板，和身旁异常繁忙的走动，我竟然想起了张爱玲的句子，"一手提着两只箱子，一手携着扁担，狂奔穿过一大片野地，半秃的绿茵起伏，露出香港的干红土来"。可是我的方向却不是香港而是去往深圳，所以我的这段想象真的是没有道理的。

　　我再次眺望了一下天桥外面，外面飞着零落的几只鸟，桥下面一弯浅水，要不是因为天桥是封闭的，那水的气味肯定是不够好的。桥的两边，香港还真是野地，半秃的绿茵起伏，深圳那一边已是高楼林立。电梯竟然就到了尽头，我摔了下去，脸朝下，还好我是摔在了我的箱子上面，只是两个手提包已经滚出去好远了。

没有人靠近我，所有的人都远远地绕开了我。我在箱子上趴了几秒钟，我想的是，我先捡哪一个包才好。我从箱子上面下来的样子肯定是难看的，我顾不得了。面前就是一个岗亭，一个海关官员看着我，我回看他，他的制服也有点皱了，也是一副朴实相。我冲他笑了一下。他不笑，甚至皱了一下眉。他身后面的牌子上写着：不许回流。

我经过他身边的时候我就想了，回流是什么，什么是回流，为什么不许，不许的原因又是什么。但是我是不会去问他的。我紧紧地跟着前面的人，我后面的人又紧紧地贴着我，每个人的脸都是僵硬的。

我排在了最右边的一条队列。我依稀看到大件行李的箭头标志，我一定是下意识地往那个方向去了。

队伍移动得非常慢，因为每一个人都带着大型行李，两件，或者三件。那些货物以最不可思议的方法挂在或者绑在一个小小的购物车上，我可以肯定，不只是体积，还有重量，肯定是超出了携带它们的人类。

我发现我左边的队列要快一点，我就往外面站了一点。我发现我的这条队，有人的行李卡在狭窄的通道里了，他拼命地往外面拖他的货物，蛇皮袋和通道摩擦，不断摩擦，不断摩擦，再摩擦下去，怎么不着个火呢？

我马上就换到左边的队去了。然后马上就换作了我这条队的最前面，有人的行李卡住了。我再看了一下我原先的队，他终于扯出去了他的行李，那条队变得飞快。我也回不去了，我原先的位置早就被别的人占领了。

海关的工作人员站在这些自助通道的前面，来回地走动。他们的目光有多锐利，我不知道。我只知道我住香港的这七八年里只给我的推拿医生带过三罐奶米粉，是奶米粉，不是奶粉。但就是那唯一的一次，我被他们拦下来过安检了，过完安检他们又把罐子拿起来看了又看。唯一的一次，其他的时候，我都是甩着个手自由来去的。

　　那一次以后，我换了一个没有小孩的推拿医生。我也不太在乎我在同学群里的声誉会变得有多差，只要苹果手机发布新机，我更变得一个朋友都没有。

　　自助通道总会出错，总会有人卡在通道里，卡很久。我前面的再前面的人就卡在里面了，他向空中伸长了他的手，工作人员正忙，没有人能够马上帮到他，他喊了起来，手伸得更长。我意识到也许并不完全是他的证件问题，也许就是这条通道的识别机器有点问题。

　　果然，我前面的人也被卡了，我是说，连进入通道的门都没有打开，机器一遍一遍地读他的卡，载入，再载入。我后面的人突然叫起来，走开了啦！你证件过期啦！我前面的人收回了他的卡，又重新放了上去，机器开始重新读他的卡。我后面的人又叫了一遍，手指头都伸过了我的肩。我前面的人头也不回，我也没有回头，只从声音辨识一下的话，排我后面的肯定是一个地道的香港人，绝对不是移民到香港的香港人。通道门终于开了，我前面的人终于进入了通道。我后面的人连续地说了一串话，说得太快，我完全没有听懂。我现在开始担忧我自己，如果我的卡也被读得久了一点，这个放在我后面的炸弹，会不会爆炸。

　　我的门开得很快，我赶紧带着我全部的行李进入了通道。我想起来我的一个朋友跟我说，如果你不快一点的话，你后面的人就会跟着你进入通道。为什么啊？我说。不为什么啊？我的朋友说，他要过关啊，他又没有证件，他只好跟着你啊。这怎么可能嘛，我说。怎么不可能嘛。我的朋友说，我就碰到过啊。我都出关了，要不是海关的人都跑过来把他揪住，我都没意识到我的后面还跟着个人。你说书啊，我说。你可别说，还真有人这么过了的呢。我的朋友说，也不是每一次都抓得住他们的，要不然怎么总有人会去试呢？

我这么想着的时候，我就看到在我左边的通道里面，果然站了两个人。我怀疑我眼花了，我又看了一下，果然是两个人，一个胖子，一个瘦子，胖的那一个在前面，可是一动也不动，瘦的贴着他，也是不动。沉默的两个人。

喂！海关的人喊起来，都别动！

他们不动，两个木头人。

我回到我的通道，我发现我也是被卡在了指纹识别这一关，头像识别过了，指纹识别没过。我蘸了一下识别仪旁边的湿海绵，要不是迫不得已，我的手指是绝对不会去碰那团东西的，有多少人的手指在那上面蘸过，就有多少人的细菌聚集在那上面。我只好蘸它，不蘸我就过不了关。指纹识别还是没过，我感觉我后面的人真的要炸了。我蘸了第二遍，还是没过。这个时候，我右边通道里的人就对我说，手指上一点。我抬头望了他一眼，透明的玻璃间隔，不是很看得清楚他的脸，好像是笑着的。他又说了一遍，手指头上一点点啊。我就过了。他还在他的通道里面，不知道他的手指头上了一点点没有。

然后又是安检，我已经不再害怕了，我也实在没有什么可失去的了。我一把就把箱子拎上了安检带，同时我利落地推开了一个试图把他的购物车插进我的箱子和手提包之间的家伙，他一声都没吭。

我把手伸进那些黑色的带子捞出箱子的时候，我想起来我爸一到美国就说要回中国，他的行李箱还在机场的旋转带上，转了一圈，又一圈。肯定是因为他终于见到了我在美国的生活，他都要气炸了。当然他还是在美国待了一阵子，但是美国让他哭了，我长这么大还是第一次见到我爸哭。好吧不是美国，是我在美国的生活让他哭了。我爸就走到一个教堂去相信神了，他说的，他只能够去信神，那样他就可以每天祷告，我就会得到幸福。我爸离开美国的那一天，他的拖鞋还留在门口，门外面是松树，一只松鼠跳来跳去。我看着我爸的拖鞋，有点破了，我也哭了，那是我到美国以后第一次哭，我哭得我都想去死了。

我把箱子放到地上，又去捞了那两个手提包。这一点辐射实在不算什么，如果辐射真的存在的话。我以前也真是太爱我自己了，搭飞机我都离安检机远远的，我为什么总是只爱我自己呢？我可以为了爱我自己，离开家去很远的远方，我又是唯一的孩子。

我看了一眼安检通道旁边的木头桌子，上面有一些被要求打开检查的箱子和包包，箱子或者包包的主人站在旁边，不停地说，不停地说。有的人的声音很小，不知道他在说什么，有的人的声音很大，安检员的声音就会比他还大。我想的是，我需要查一下口岸附近所有快递公司的位置，最好是顺丰，这样才赶得及在我父母回家的同时箱子也寄到。

我爸说他要回家了，他不会再来，他的身体情况不允许他再多来一次香港，他也真的是连一个小背包都拎不动了。我都能够想象得到，他们离开以后，我又会在床头柜上发现一个留给我的装满了现金的信封。除了那一次他们被小偷偷走了钱包，只有一次，但是足以记住。

我跟我的朋友说，为什么我们的父母总要给我们钱？我们又不需要这些钱，他们又非给不可，都倒过来了，不应该是我们给他们钱吗？我们就这么幼稚？我的朋友说，是我们活得太让我们的父母担心了。我的朋友的父母非要给她买个楼，她坚持不要，她跟我说她找了那么一个丈夫，每天都活得像鬼一样，父母还要给她买楼，以后还得当共同财产分割，所以她不要。我不想让她知道她父母又是这么跟我说的：她以后的生活怎么办呢？找了那么一个丈夫，不给她买一个楼，她老了以后怎么活得下去呢？

我经过了那些桌子，没有人看我，也没有人拦住我，检查我的箱子或者包包，我的衣服和脸都是灰的。我通过了最后一道门，我就正式进入了深圳。

我和我爸妈的行李箱停在了中国银行的柜员机前面。我不知道我怎么样才能不让父母担心。我跑到小坡上两棵大树下，放下了箱子笑着说，好了！这不要紧了。

我就得到幸福了？我不知道。

到直岛去

我们到直岛去。刘芸说，我们把车也开到岛上去。

我不要去直岛。我说，我要去小豆岛。

小豆岛不好玩。刘芸说，我去过。

可是我没有去过，我说。

小豆岛不好玩，刘芸说。

直岛就好玩了？我说。

刘芸板着脸，要么去直岛，要么哪儿都不要去。

于是我闭了嘴。我是一个很坚持的人，但是我不能跟她坚持，她会消失十年，杳无音讯，我说的是真的。

不开车也行，我说，岛上有巴士。

不开车你就得走死，或者等巴士等死。刘芸说，这么热的天，等到你生无可恋。

我闭了嘴。

我们到达高松港的时候已经是十点，去小豆岛的船还没有离开，等待上船的人排成了一行。我知道小豆岛上有酱油汽水和橄榄油拉面，还有盐味冰淇淋，我不知道直岛上有什么。

你也算是一个跟艺术沾点边的人，刘芸说。

我怎么跟艺术沾着边了？我说，我对艺术一点兴趣都没有。

我是陪着你去直岛，我说。

是我陪着你去直岛。刘芸说，要不是你来，任谁都不能让我陪着去任何地方。

我闭了嘴。

我绝对是最后一个上船的人，一个人举着一个牌子跟在我的后面，牌子上写着很大的字——直岛。我踏上甲板以后，他向我鞠了一个躬，检票的人也向我鞠了一个躬。

我问我的朋友们怎么都不来香港买东西了？他们都是这么回答我的，他们宁愿去日本，日本人鞠躬鞠得一塌糊涂。所以鞠躬真的也是很重要的。

刘芸已经等在船舱。

你居然比我快哎，我说，我还以为车都是最后才上船的。

车当然比人快，刘芸说。

我们一起靠住船沿，船开动了，岸上的人向着我们的方向鞠着躬。除了我和刘芸，没有一个人站在船沿，所有的人都坐在椅子上，那些椅子有的摆成一个正方形，有的摆成一个椭圆形，没有一个形状是固定的。我和刘芸久久地站立着，风把她的裙子吹成一朵花。

船有三层，最下层放车，中间一层是封闭的船舱，开着空调，坐着很多人，有的人开始拿出一些吃的，一个小时的船程，他们以为是要看一场电影吗？还有爆米花。

我要求去最上层，刘芸说她不去，她找到一排垃圾桶前面的位置，坐了下来，她也找不到别的空的地方，很多长椅上都坐着一个人，和那个人的包包。和香港一样，没有人愿意和别人、别人的包包挨在一起，我是这样的，刘芸也是这样的，她宁愿坐到垃圾桶的旁边。

我把水瓶从包里拿出来，它刚才漏了，瓶盖没有盖好，我的钱包和纸巾都泡在了水里，包的防水做得太好了，防包外面的水进来，也防了包里面的水出去，要不是我伸手进去掏点什么，我根本就不会发现我的包包里面已经是一池水了。

我把水瓶从包里拿出来，扔进垃圾桶，要不是最左边的桶里已经放了一个空水瓶，我根本就不知道哪个垃圾桶才可以扔水瓶，那些垃圾桶全长得都一模一样，颜色都一样。香港是用颜色划分垃圾桶的，蓝色的扔纸，黄色的扔金属，咖啡色的扔塑料，你要是搞不清楚你的垃圾是什么材料，就扔进那个最大的，很多时候是深绿色的垃圾桶，那个垃圾桶里的垃圾，不可回收，只能拉到一个地方去埋起来，分解它们可能需要一百年，我当然是不相信那个一百年的说法的，用塑料袋包装起来还必须把袋口扎得很紧的垃圾，分解的时间肯定还要再加上一百年。

到刘芸家的第一天我还很有兴致地帮助她洗了她的牛奶盒，按照顺序剪好了牛奶盒并且折叠了起来，后来我看到包益力多的那层薄塑料都要剥下来另外扔我就有点不耐烦了，我手脚麻利地把包住水蜜桃外面的那层不知道是什么东西的东西用纸巾包了一包，扔进了她的不可回收垃圾桶。

天气这么好，一朵云都没有，我说，我们为什么要去直岛呢？

天气这么好，一朵云都没有，刘芸说，我们为什么不去直岛呢？

如果在香港，热成这种样子，早就发高温预警了，我说。

可是你不是在香港，刘芸说。

我把口袋里的两袋纸巾都放进了包包，它们很快就变成了两团湿纸浆，我把它们捞出来，扔进了正中间的那个垃圾桶，我不关心那个垃圾桶是不是对的。我也看到了一个只装瓶盖的小塑料盒，里面已经堆了一堆瓶盖，但我并不会再回去捡瓶子，重新把它的瓶盖扭下来，放在对的地方。

这个地方，这艘船，还有我们要去的直岛，一切都不太真实。我肯定是没有睡好。

我自己去了最上层，大太阳下面，两排座椅，没有一个人。我围绕着座椅走了一圈，那些椅子都是白色的，风很大，差一点把我的帽子掀走。我一手按住帽子，一手按住裙子。我想起来我真的是一个中国人，中国人会按住帽子又按住裙子，刘芸只会按住裙子，刘芸可以不要帽子，刘芸已经不那么中国了。

我看到了一个南瓜，只有一个南瓜，南瓜上爬满了黑色的斑点。

我就下了楼。刘芸已经站在楼梯的下面，拐角的地方。

我们早一点下去，坐到车上去。刘芸说，我们看完第一间美术馆，那些游客的巴士才会到，我们不用跟他们挤。

那是草间弥生的南瓜吗？我说。

那是草间弥生的南瓜，刘芸说。

我把眼睛移往别处。我觉得草间弥生有点神经病的，我说。

艺术家都有点神经病的，刘芸说，但是又不能太神经病，太神经病就是神经病了，神经病的度要控制好。

我们坐到车上，车开得飞快，果然是比其他走路的人更快地到达了直岛的陆地。

我去买个通行证，刘芸说，很快的。她把车开到一个大帐篷的前面，跳下车，钻进了帐篷。我坐在车上，看着第一辆巴士已经坐满游客，开走了，第二辆巴士马上开了过来，游客们正在上车。

我热得快要发疯，只好也从车上跳下来。我也钻进了帐篷，全部都是卖小东西的小摊，我在盐味冰淇淋的小摊前面停留了一下，两百五十元，我在脑子里把 250 除了一下 7，出现了余数，我就有点算不清楚了。我四处张望，刘芸不在里面。

我回头看了一下车，刘芸也没有回到车上。

我重新计算了一下 250 除以 7，我放弃了。我再看了一下车，车不见了。我赶紧走出帐篷，车真的不见了。

我三百六十度地旋转了一圈，我的头都要炸了。

我在原地等了一会儿，没有车，也没有刘芸。

我往巴士站走去，我什么都没有想，我只是往巴士站走去。

刘芸的车飞了过来。你去哪儿啦？！她在车里大叫。

我哪儿也没去！我也大叫。

你一定去看南瓜了！刘芸继续大叫，我还去南瓜那儿找你了！

我怎么会去看南瓜？我大声叫，我根本就不喜欢南瓜！

我们这么来回了好几下，巴士站的游客们都看着我们，巴士也没有开走，巴士停在那儿，悄无声息地停在那儿，刘芸的车完全挡住了它的车头。

快上车！刘芸最后喊。

我赶紧爬上了车。

我们有车，刘芸说，我们比他们都要快，我们看完第一间美术馆，那些游客的巴士才会到，我们不用跟他们挤。

我们有车，我重复了一下她的话，我们不用跟他们挤。

十分钟以后，我们迷路了。

路旁边站着一个脖子上挂了牌子的人，刘芸停下了车，他们叽里呱啦地讲了一串话。我不打算问刘芸他们俩到底说了些什么，反正她什么都不会告诉我，就是在餐馆点菜，即使我忍不住开了口问她点的是什么，她也不会告诉我，我只好坐着，猜，有时候会猜对，很多时候不会，于是每上一道菜都是惊喜，不断的惊喜。

下车。刘芸转过头对我说。

我下了车。我不会去问她为什么，她叫我下车，我就下车。

她把车开走了。我望着她的车上了一个坡，左转弯，看不见了。

我站在大太阳的下面，对面是那个挂着牌子的直岛的工作人员，长衣长裤，皮鞋，都是黑色的，他露在外面的脸和脖子不断地渗出油和汗，我看着他。

如果我会讲他们的话，我一定会在这个时候说，你为什么不打一把伞呢？

可是我不会讲他们的话，我只好看着他。

刘芸从山道的那一边向我走过来，刘芸的手臂摆动得很大，脚步却很小，太阳把她的影子照得很直。我突然想起来她说过的话，我们会热死。

你是去停车场停车了吗？

是的，我去停车了，她说这儿只有一个停车场，而且这个停车场在山上面。

我可以跟你一起去的，然后我们一起走下来。

不用了，天这么热，我一个人走就好。

我在自己的心里面搭建了这么一场问答。我用猜的，我不知道这一次是不是猜对了。

刘芸越过了我，进入我后面的一个巷子。这个巷子就跟我和刘芸小时候住的巷子一模一样。我跟着她，她摆动着手臂，我就有了错觉，好像我们俩还在十三四岁时候的夏天，无所事事的暑假。我跟着她。

　　很多人排在一个房子的侧面，队伍已经排得很长，我马上就排了进去，我的后面马上又排了一群人，也不知道他们是怎么出现的。

　　我再往前面走走，看看前面还有什么，刘芸说，你先排着。

　　没问题，我用英语说。我也不知道我为什么突然说英语，我就是突然说起了英语。

　　刘芸凝重地点了一下头，往巷子的深处走去了。

　　我排在队伍的中间，我的前面是二十一个人，我的后面是二十二个人，我数完人，从包包里拿出一把扇子开始扇，扇子是红色的，扇面上只写了一个金字，一个圆圈，把这个金字圈了起来。我去金刀比罗宫爬台阶时买的扇子，我知道我肯定是五行缺金，这一把写着金字的扇子，也许能带给我一点金。

　　一个挂着牌子的女工作人员向我走过来。

　　通行证，她说。

　　没有，我说。

　　四百五十块，她说。

　　排在我后边的一对夫妻居然在这个时候递上了一张一万元，女工作人员马上鞠了个躬，双手接过他们的钱，小碎步地跑开了。很快她又回来了，带着一堆散钱，门票，导赏手册，小地图，我看着她再次鞠躬，双手奉上散钱和那些纸，然后她开始跟她的客人说话，一堆话，说都说不完。我不知道她说的是什么，但是她的样子太谦卑了太可爱了，我开始掏钱包，我想到了我的朋友们说的话，鞠躬鞠得一塌糊涂。这个世界上有的人会为了鞠躬买东西？是的，这个世界上有的人会为了鞠躬买东西。

刘芸终于出现了，她亮出了她的通行证，女工作人员向她鞠了一个躬，为她的通行证盖上一个章。我看了一眼刘芸的通行证，上面的字我一个都不认识。

通行证。女工作人员盖完了章，又对我说。

我不进去，我说。然后我果断地离开了那条队伍。

我要去前面看看，我说。

前面什么都没有，刘芸说。

我还是要去前面看看，我说，反正我不看这个。

你是在做行为艺术吗？刘芸说，你都到了这个岛，这个馆，你还排了半天的队，可是你不看。

是的我不看，我又说了一遍。

那好吧。刘芸说，那你在外面等我。

十分钟，我说。

为什么是十分钟？刘芸说。

那你要几分钟？我说。

十分钟，刘芸说。

我往前走了一下，就是 Ando 博物馆。Ando 博物馆的大门口并没有写着它就是 Ando 博物馆，实际上它就是一间很小的旧民房，我望着那个门，门帘上画着三片叶子，绿色的，我望了好一会儿，没有人进去，也没有人出来，于是我掀开了它的门帘，走了进去。

太凉快了！

我马上就想待在这儿哪儿都不去了。

柜台后面坐着一个挂着牌子但是穿着背心的女工作人员，警惕地看着我。

我在她对面的一条长椅上坐了下来，她看着我。

我坐好以后，把包放到了自己的腿上。

请问这是 Ando 博物馆吗？我问。

这是 Ando 博物馆，她答。她一发出声音我就知道她不是直岛的人，她甚至不是四国的人，她肯定是在东京上学，暑假才回一下家乡，顺便打个暑假工。

多少钱？我问。

五百一十，她答。

我从包的底部掏出一个五百的硬币，一个十元的硬币，放在她面前的盘子里。

她动作很快地给了我一张门票，没有鞠躬，也没有一堆话，她又坐了回去。我马上就推翻了我之前的话，她不是直岛的人，她甚至不是四国的人，她肯定是在香港上学，暑假才回一下家乡，顺便打个暑假工。

我转身，只看到一个楼梯，我就下了楼梯，我看到一个倒过来的冰淇淋筒，整个房间就是一个冰淇淋筒，不，整个博物馆，就是一个冰淇淋筒，倒过来的，水泥做的，抹得很光滑的冰淇淋筒。我站在冰淇淋筒的正中央思考了一下，安藤忠雄对于刘芸来说到底有多重要。

你竟然在这儿！楼梯上方出现了刘芸的头。

不是十分钟吗？我仰着头，这才三分钟，你怎么来了？

你快出来！刘芸的声音听起来有点气急败坏。

我赶紧爬上楼梯，我当然没有注意到圆筒的底部还有两块倾斜的水泥板，于是我被绊到了，但我踉跄着没有倒地，我一把抓住了木楼梯的扶手。

刘芸谴责的目光追随着我，要还是十三四岁，她一定就说出口了，不长眼睛的啊你。但是我们俩都快要四十岁了，谁谴责谁都不是那么合适了。

我爬上楼梯，喘不过气。

就是个黑屋子。刘芸说，一点准备都没有，我不由往后退了一大步，我只是犹豫了一下，我真的只是犹豫了一下，她就叫我出来。

哦。我说，那就再进去啊。

下一场要等十五分钟。刘芸说，她要我再排队，再等十五分钟。

那你还要进去吗？我说。

要，她说。

我跟着她回到那个房子，已经没有什么人了，女工作人员直直地站在门口。可是仍然要等，十五分钟。

房子的墙角摆放了一堆洁白的鹅卵石，几枝竹子，不能太多，也不能太少。

这个女的太傲慢了。我说，不应该出现在直岛。

是太傲慢了，刘芸说。

她的脸上都写着呢，你们这两个师奶，居然也学艺术家跑到艺术岛上来看艺术作品。我说。

师奶是什么？刘芸说。

就是咱俩，我说。

刘芸哼了一声。

我知道你是画画的。我说，我也不知道我为什么要补这么一句，她当然知道她是一个画画的。只是这些年来她好像忘了她是一个画画的。

我知道你是一个写小说的，她说。

我说我当然知道我是一个写小说的，可是你为什么要说出来。

那你为什么又要说出来！她说。她的眼睛很凶地盯着我。

我只好低了头。我发现我的脚边有一块石头，我就把它踢了回去。女工作人员看了我一眼。

我的脸都要被你丢光了。刘芸说，你可以就这么站着不动吗？你为什么要动呢？

我不说话。

等待刘芸从房子里出来的时间，我使劲地扇扇子，扇出来的都是热风。我五行缺金。

那个房子里到底有什么？我问刘芸。

什么都没有，刘芸说。这是她第一次回答我的问题。什么都没有，她是这么说的。然后她往 Ando 博物馆的方向去了。我跟着她。

她动作熟练地向 Ando 博物馆的工作人员出示了她的通行证，走下了那道我走过的楼梯。我可不想再走一遍，于是我又坐在柜台对面的那条长椅上，把包放在我的腿上。

传统和现代特性的结合为来访者创造出了一个可以思考关于安藤的建筑和直岛历史的空间，自然光线和影子的相互作用，映衬得这片广阔的空间越发熠熠生辉。

我的目光越过了穿背心的工作人员，她后面的墙上写着这么一段话。我把这段话反复地看了一遍又一遍。

刘芸出来了，直接就往外面走，完全没有停留。外面是一个庭院，种着一棵桔子树。她跨过了一个桔子，掀起布帘，走到外面去了。我看着那个桔子，这真的太让我困惑了，我们进来的时候地上什么都没有，可是我们出去的时候地上就有了这么一个桔子。我抬头望了一眼桔子树，桔子树上结着一些桔子，全都是青的，只有地上的这一个，是桔色的。我拿出手机，把它拍了下来。

我赶上刘芸，她已经快要走到巷子口。我又往左边看了一眼，我们排过队的房子，一个人都没有，所有的人都不见了。

该吃午饭了，刘芸说。

如果我们去地中博物馆吃，我们就不用买那个博物馆的门票了，我说。

可是我已经买了通行证，刘芸说，我可以去这个岛上的所有馆。

好吧。我说，可是其他馆在哪儿呢？

我们就又折返了回去，我们在巷尾找到了一个小便利店，这个店里居然有卖寿司，寿司们被放在大门口的地上，一盒一盒，堆在一起。

那些外国人绝对不知道这儿还有这么一个店，要不什么都没有了，什么都被他们买光了，刘芸说。她拿了一个三明治，软面包片夹碎蛋。

听她这么说，我赶紧把所有的饭团都拿到了手里。

不，现在不能吃。刘芸说。

那什么时候吃？我说，这么热的天，我们还要找到一块草地躺上去吃吗？

我们去车里吃。刘芸说，吃完我们就去找那些馆。

我们在车里吃。

我肯定我已经中暑了。

我要走，我说，我现在就要走，我以后再也不要来直岛了。

不走。刘芸说，我们什么馆都还没看到，不走。

刘芸发动了汽车。

我们就这么，围绕着直岛开了一圈。

我不要去那个李什么馆。我说。

刘芸已经开到我们第一次下车的地方，挂牌子的工作人员不再站在那儿，她只好继续往前面开。

　　我们不去。她说，你刚才也看到了一个白色的像大鸟一样的建筑吗？那会是一个什么馆吗？

　　看到了。我说，那会是一个什么馆。可是我们根本就找不到一条路能够接近它。

　　刘芸继续地往前面开。我看到了一个很大的荷花池，池子里面只种了一枝，而且没有花。

　　刘芸继续地往前面开。我看到了一片江户建筑群，好像上海新天地，改造过了的石库门，我的脑子里竟然还涌现出了一个香港词：活化。实际上我一句香港话都不会说。

　　你得往山上开。我说，我们一直都是在打转。

　　我们就是在打转。刘芸说，这么小的岛，我们可以转个几百圈。

　　话虽然这么说，她还是把车往山上开去了，终于。

　　山路崎岖。我不敢相信，这个年代，这个岛上，竟然有这么一条什么都没有的山道，没有反光镜，没有标识牌，除了树和树，什么都没有。我们的车开在山道上，沉默地，我都听得到刘芸呼吸的声音。我们的前面没有车，我们的后面也没有车，汽车或自行车，什么车都没有，我们开了至少十分钟，我们的对面也没有车，我当然也是希望我们的对面不要有车，每一个转弯，我的心还是提了起来。我们通过了一条很窄的木桥，桥的两边，什么都没有。

　　如果我们的车刚才掉下去了。刘芸说，肯定没有人知道。

　　肯定没有人知道。我说，要知道也是几个月以后了。

　　我可以把这个故事往《千与千寻》的方向讲下去。我们看到一个神社，我们就下了车，我们在汤馆里遇到自己的河神，因为每一个人都有一条自己的河，每一条河都拥有一个记得它名字的人。

可是没有。我们就这么来到了地中博物馆，或者可以这么说，地中博物馆就这么跳到了我们的车的前面。

挂牌子的工作人员站在大门口，巴士一停下，她就小跑着到下车口，往每一个人的手里塞券。

刘芸绕过了她，直接排在了博物馆的入口处，刘芸有通行证。

你怎么坐下了？刘芸说。

因为我不进去。我坐在博物馆大厅的椅子上，说。

你是在做行为艺术。刘芸说，你千里迢迢，跌跌撞撞，到达了博物馆的大门口，可是你就是不进去。

实际上我从 Ando 博物馆出来的时候已经决定了。我说，我不会进博物馆，任何博物馆。

除了已经付出去的五百一十元。我补充了一句，我再也不会出一分钱。

刘芸哼了一声。

券。博物馆的工作人员对她说。

什么券？刘芸说。

大门口有发等待券的。工作人员说，只有拿了等待券的人才可以来这里排队。

刘芸铁青着脸，走回大门口拿券，现在至少有三打已经拿了等待券的游客可以排在她的前面。

过来坐会儿嘛，我安慰她。

她坐到我的对面。又是十五分钟，她说。

肯定不止，我说。

我们的旁边是小卖部，小卖部前面是明信片架子，每一个架子上都只插着一张明信片。这种情况不会发生在纽约也不会发生在香港，只能发生在这里。一切都像是对的。

我看到了盐味冰淇淋，但是我买了一瓶水。

刘芸买了一瓶深绿色的饮料。

深绿色令液体看起来很重，我望着她拧开瓶盖，喝了一口，就像喝菜油一样。我问她为什么。她说我好不容易来一趟小岛。

我曾经和一个女的一起去得纳帕谷，她买了一瓶葡萄酒，我问她为什么。她说好不容易来一趟纳帕谷。我觉得她们俩都没有回答我的问题。

喝完了瓶子带回家，她说。

我说你喝得完吗？她瞪着我。

我说这瓶子带回家能干嘛？插花吗？她瞪着我。

我说而且你去小岛很难吗？你家就在这儿，你想去的话天天都可以去，小豆岛，女岛，男岛，这岛，那岛，到处都是岛。

可是我不想去。刘芸说，我根本就不想去！

可是你买了通行证。我说，你买通行证，就是想着还能再去。

我只是想想的。刘芸说，我还有想想的自由吧？

你可以想想。我说，想又不要钱。

我陪着刘芸去入口处，我有点想改变我的主意，我可以进去博物馆，我又不是做行为艺术的。

券。博物馆的工作人员对我说。

我们有券。刘芸说，十五分钟前拿的。

一人一张。博物馆的工作人员说。

我马上跳到了队伍的外面，我对刘芸说这是天注定，我现在理直气壮地省下这两千零六十元了。

一千零六十元。他们又对刘芸说。

可是我有通行证。刘芸说。

对，你有通行证。所以你只要一千零六十元。他们说。

我不敢看刘芸的脸，我只知道她掏钱包的动作很慢，她肯定是气炸了。

刘芸从我的眼前消失以后，我赶紧去小卖部买了一罐盐味冰淇淋。红糖颜色的盐味冰淇淋，吃起来却真是咸的。

我坐在博物馆大堂的椅子上面，吃着咸的冰淇淋，一勺又一勺。怎么吃都吃不完。

刘芸重新出现的时候眼神很涣散。

你看到莫奈了？我说。

什么莫奈？刘芸说。

我们一起坐在博物馆大堂的透明玻璃外面，又一辆载满游客的车停下，我的咸的冰淇淋还没有吃完。

那里面有什么？我说。

什么都没有。刘芸说。

你有什么吗？刘芸说，除了吃冰淇淋。

冰淇淋是咸的。我说，而且我不要去那个李什么馆。

不去。刘芸说。我们再去看一下南瓜就走了。

可是我们已经看过了，我说。

另外一个。刘芸说，还有一个世界尽头的南瓜。

我们再次围绕着直岛开了一圈。

第三次经过我们第一次下车的路口时刘芸又把车停下了。

我拒绝下车。

刘芸说你也想想，我们什么都没干，就要走了？

我说我们还能干点什么呢？

刘芸说你四十岁了知道吗？

我说你不是四十岁？

刘芸离开了车，直接往巷子里面走去了。

我只好下车。她又不锁车，车窗都不摇上。我也可以继续坐在车里，但是我会热死。

我下了车，跟在她的后面。

我的左边是一道沟渠，里面爬着一些小螃蟹，蜘蛛，我的右边也是沟，里面的螃蟹好像大一点。我一边注意着那些沟，一边跟着她。

她进入了一个有屋檐的屋子，肯定是一个艺术品。我在那个门口站了一会儿，我发现我站到一个十字路口，我的左边是路，右边是路，我的前边是路，后边也是路，来时的路。我前后左右看了又看，右边的路通往一段台阶，台阶上面有一个神社，我看不到左边和前边会是什么，我也不想知道会是什么。

神社望着眼熟，我突然意识到，这个房子其实就在我们第一次去的房子的旁边，如果我们从 Ando 博物馆出来左拐而不是右拐，我们上午就来过了这里。可是我们没有左拐，我们坚决地右拐了，在直岛上转了一圈又一圈。

刘芸很快就从艺术品屋子里面出来了。我什么都不说，我望着前方，一个人都没有，我们的左边和右边，也是一个人都没有。我真的快要热死了。

刘芸往左边的路走去，我跟着她，即使她要走到海里去，我也会跟着她。

我们到达了下一条街，街的中央站着一个工作人员，要不是他直直地站在那儿，没有人猜得到那儿还有一个艺术品屋子，整个艺术品的入口就是一道空隙，门都没有，好像一个凹字，工作人员站在凹字凹进去的那个地方，头伸在外面。

刘芸侧着身从他的旁边挤了进去。

我站在街的对面，工作人员跟我隔着街相望，一个已经晒得粉红的人骑着自行车穿过了我们，自行车的后面跟着一辆巴士，工作人员脱下了帽子，向着巴士鞠了一个躬。我望着他。我也望了一眼巴士，巴士上画着一个南瓜。

刘芸马上就出来了。这一次她只用了五秒，进去和出来，一，二，三，四，五。

然后她继续往前面走。现在我真的觉得她是在干点什么了。

我们沿着一排夹桃竹或者夹竹桃走着，实际上我也不知道我们沿着的这排植物叫什么，我就这么在心底里夹桃竹夹竹桃地来回念了好几遍。我都快要听到夹桃竹或者夹竹桃跟我说话了。

路的尽头是一个巨大的茅草屋，就是《茅屋为秋风所破歌》里面的那种茅草屋。还没有完成的艺术品，一些佣人正站在茅屋的前面摆石头，不能多一块，也不能少一块，不能太左，也不能太右，他们把石头摆来摆去。

我跟刘芸就这么站着，看了一会儿摆石头。

然后我往前面走了一下，我就发现了一个抽水机，我握住手柄压了一下，水真的出来了，我又压了好几下，水管里涌出来了更多的水。我想起来我跟刘芸曾经有过一个朋友，这个朋友结婚的时候我把刘芸送给我的画送给了她，刘芸只送过我一幅画，那幅画是她最好的画，她之前和之后都没有再画过那么好的画。我也不知道我为什么会干这种事情，人都是有这么一个阶段的，你不知道你在干什么。

二十年以后，我跟我们的这个朋友在一个微信群里碰到，我们的这个朋友就说，刘芸就这么在日本混啊混啊的啊。

我说啊？

我们的这个朋友说，你看看我，我不是你们瞧不起的乡下人了，我现在是城里人了。

我说啊？

我们的这个朋友说，你看看我，我家也买了钢琴了。

我说啊？

我们的这个朋友说，你看看我，我每年都是我们单位的先进员工，我还是我们市里的三八红旗手了。

我说啊？

我们的这个朋友说，当年刘芸伤害了我你晓得伐，她居然问我你家有自来水啊？你家不是用抽水机抽井水的吗？她以为我家自来水都没有哦，我家是乡下的我家就没有自来水吗？她以为是刚解放哦。

我说你家有自来水的吗？

我们的这个朋友说，我家一直都是有自来水的！

我说那你家院子里为什么要有个水井啊，还有个抽水机？

我们的这个朋友说，你不理解。

我说这个抽水机的事情你记了二十年啊。

我们的这个朋友说，你不理解。

我说你晓得伐，我跟刘芸都是在外面混啊混啊回不来了，但是你要是再讲她我就会马上买一张机票回来打你。

我们的这个朋友说，你又发神经病了吧。刘芸画不出来了你写不出来了也不要这么暴躁好伐。

我只好退群。

我觉得我对不起刘芸。我糟蹋了我自己的情感，还有她的，还有她的画。我都要哭了。

我握住手柄压了一下，水来得很快，清凉的水，要不是我蹲不下去，我就真的要洗一个脸了。

我回到院子里，刘芸还那么站着，看佣人摆石头。

我们的周围全是落地镜子，我掏出手机，拍了一张镜子里的我们。镜子里的我们都是下垂的，地心引力，我们又不能去火星。

我说刘芸你相信伐，我可以为了你去杀人的。

刘芸说啊？

我应该跟她拥抱一下的，但是没有，我们谁都没有碰到过谁，连手都没有握过，我们中间总有个三厘米。

你又发神经病了吧，刘芸说。

我们坐回车里的时候我选择了沉默，我是这么想的，即使她找南瓜要找到天黑，我也不说话。

我们的车开到了一个沙滩旁边，刘芸说既然这么多人都来这里，那么这里肯定有个什么。

我们停了车，走路穿过一片松林，地上全是松果。刘芸捡了一个松果。我说捡松果干嘛，刚才有个桔子你都不捡。刘芸说什么桔子。我说 Ando 博物馆啊，地上有个桔子。刘芸看着我。

我把手机掏出来给她看，我说你看你看，地上有个桔子。

相册翻到那一张，碎石子儿的院子，桔子树树根和一个透明的消防栓。

咦？有个消防栓。刘芸说，可是我进院子的时候明明看了，我也没看到这个消防栓啊。

我也没看到。我说，要不是照片拍到。

因为是透明的吧。刘芸说，所以没注意。

可是桔子不是透明的，我说。

什么桔子？刘芸说。

我闭了嘴。照片里没有桔子。

我站在沙滩旁边一棵树下，很多人在沙滩上玩，他们不远千里，来到濑户内海玩。

那儿那儿。刘芸指向远方，南瓜在那儿。

我眯起眼睛，看到一个阴沉的轮廓，如果南瓜真的会坐，我真的看到一个下垂的南瓜，坐在世界尽头。我可以去写艺术评论了。

我不去，我说。

我去。刘芸说，我马上就回来。

我望着刘芸往南瓜的方向走去，她走得真的很快，就像一条虫。

我转过头，看到小卖部的牌子上写着，冰淇淋热狗。我想象了一下，冰淇淋包住一条香肠？会好吃吗？会好吃吧。我这么想着，就往牌子走过去。

一个人走得比我快。冰淇淋热狗，他说。

他得到了一个面包，里面夹着一条冰淇淋。

我已经站到窗口，我只好也说，冰淇淋热狗。

没有了。小卖部里面的人说，刚才是最后一个。

哦，我说。

小卖部的人很抱歉地关闭了窗口，看起来他们不仅仅是热狗冰淇淋没有了，他们什么都没有了。

我松了一口气，回到树下。我看不到刘芸，她不在沙滩上，她也不在南瓜那儿。我再看了一眼，南瓜前面站着几个人，都不是她。她被南瓜挡住了？她被南瓜吃了？我就这么来回想了几遍。即使是在树的下面，我都要热得炸了。

我知道我在直岛，我吃了一个咸的冰淇淋。二十岁那年我对刘芸说过没有人爱你我的心太疼了，好像没有人爱我一样。然后是四十岁了我说我好怕你死啊，你死了我就死了。我总觉得我们没有六十岁，六十岁我们肯定都不在地球了。刘芸说我们要熬过这段。

　　我也不知道刘芸是从哪条路回到我的面前的，我一直看着沙滩和沙滩上的人，每个人都是下垂的，他们一定没有我知道。我不知道刘芸到底走了哪条路回来，现在我们一起站在树下，一丝风都没有。

　　南瓜跟你说话了吗？我说。

　　没。刘芸说，但是南瓜对我笑了。

每个人都缩着肚子，屏气敛息
的，人与人之间就有了一条缝。

——《到香港去》

到香港去

去香港的日子定了，张英反倒有点不安。

这么一个连北京都没有去过的人，一下子就要去香港了。她是惯了待在家里的，从小学到大学，她都没有出去过。倒也不是没有机会去，去年单位组织的金秋五日游就是坐火车去北京的。张英自己把名额让了出去，一是孩子还小，二是哪儿都是一样的，一样的店，一样的人。

这回不得不出去了。

孩子八个月了，慢慢断了母奶，开始整天喝奶粉。之前的奶粉是托香港那边寄过来的，同学考到香港，留在香港了，也不是特别熟的那种，寄过两次，说是忙，以后也没空寄了。

都说不好随便转奶粉牌子，就想着还是吃这个下去。网上买了几次，贵不说，产地都搞不清楚。上个星期竟然买到了假奶粉，还是皇冠卖家呢。张英只是气得说不出话来，之前买过，算是回头客，手快确认了付款，隔些天打开来，才知道是假的。张英又为这白白丢了的钱哭了一个晚上，要跟孩子爸爸说说吧，他倒反过来说你贪便宜，吃的大亏。

张英睁着眼睛躺在床上，孩子正睡得香甜。都说她家的孩子好，四个月就睡整觉，不磨人。张英心想，做妈的更要好，就是拼命，也要把最好的东西都给自己的孩子。其实也不是要最好的，也没有那个条件，张英纠正自己，只要是安全的，就满足了。只要是安全的。

　　张英琢磨了一整夜，想清楚了。之前的年假，之前都是不用的，过年过节时就算休了假也是照样上班的，单位算成加班费给你，不多，总好过在家闲着，浪费。孩子爸爸的单位效益更差，也正是在领导跟前表现的时候，没事也不随便休假。年假，搭上前头后头的礼拜天，也有个七八天。张英要去香港，背奶粉。

　　张英算过了，旅行社一直有那种双飞团，才一千八百八十八，不仅包机票，还有吃有住。他们讲要买东西的，金器还有珠宝。张英对自己说，我就厚着脸皮不买呗，要是像他们说的，导游不给你脸，说难听话，我忍一忍就过去了。我只要买奶粉，奶粉又重，我也背不了别的，我也没有钱。

　　要是这次顺利了，过几个月我就再背一趟，以后孩子大了，吃辅食多了，就不用去了。

　　省钱，经济，保险，不欠人情。张英算了半天，满意了。

　　我还没有出去过呢，临睡前张英又想，他们都去泰国去新加坡的，我这次去香港，我也当是我自己出一趟"国"了。

　　张英站在机场空荡荡的大厅中间，真有点紧张。她把贴身小包里的港澳通行证掏出来看了一遍又一遍，香港签证是没有错的，团队那两个字很清楚。通行证上的照片是一张疲倦极了的脸。怎能不疲倦，要不是家里还有老人帮着忙带孩子，脸都不是脸了。

　　她把通行证放回包里，拿出手机打电话，电话那头没人接。这个团到底只是个品质团，旅行社讲是自己去机场，到了机场领队再来找你。报名的时候眼见着豪华团也不过贵了一两千，还说不强迫购物的，张英不是没动过心，但更快地回到了现实，心想我是去背奶粉的，我又不是去旅游快活的。

她把行程单拿出来，上面写着是东航的一个航班，她就问了人，走去找东航的柜台口。很快她就看到了旅行团，一堆一堆的，全部都是旅行团，她都不知道哪个团才是她的了。她只好再拿出电话来打，幸好这次有人接了，对方叫她站着不动，她会来找她的。

张英转过身就看见了自己的领队，是个细眉细眼的年轻女子，薄嘴唇，挎着个小黑包，很精明的样子。

通行证拿过来，她的第一句话。

张英把港澳通行证交给她。

她往前走，张英紧紧地跟着她。

柜台前已经排着一队人了，没有戴旅行社的帽子，也没有人举着旅行社的小旗帜。要不是领队叫她排在最后面，都看不出来，这也是一支旅行团。

不去了不去了，排最前头的一个男人突然叫了起来。马上就有人去劝他，叫他消消气。

说不去了就是不去了！男人声音大起来，走出队伍，直往外边走。领队在后面赶，拉他的手。

过来帮忙啊。领队一边拉一边往这队人喊，于是两个男人也走过去拉。一个女人响亮地哭了出来，一边哭一边揉眼睛，眼睛都红了。

张英看了半天，明白了，劝架的反倒是互相不认得的，都是拼团，谁也不认得谁。要走的男人跟哭了的女人是一对情侣，似乎也有两三个同伴，不过他们都不出来劝，他们站在原地，沉默的。

领队继续好言好语着，您要是不去了，我们整个团都走不了啊。机票，香港那边的酒店，都是预先订好的。您一个人不走了，我们全部人都不走了。

更多的男人女人围住他们，张英只是站在旁边。这样的场面，她没见过，也不知道说什么做什么才好。

等到坐到飞机上，张英还以为刚才发生的一切都只是幻觉。现在那一对正好好地坐在前排，男的不闹了，女的也笑了。张英叹了一口气。

出了海关，张英问领队，哪里有便利店？张英先前在网上查过了，到了香港再买电话卡，比国内的电话带过去打合算。领队说，哪里有店？这个地方没有的。张英说，我看见那边有一间7-11的。领队说，不可以离队的，要叫大家都等你吗？通行证呢？给我，每个人的都给我。

张英把捏了还不到十分钟的通行证递给她，领队接过去，和着手里已经有的一叠，塞进小黑包。

直到旅游巴已经开到星光大道，张英才见到他们的地陪导游，也是一个薄嘴唇的女子，蜡黄的脸，加上瘦，像是完完全全的其他国家的人。

天已经完全黑了，巴士只是绕来绕去，绕得连张英这样不认路的也看得出来，它一直在一条路上转。

等到终于开始可以下地，张英只是说不出来的烦躁。天黑得彻底，只闻得见海的腥。

二十分钟啊，导游说。

有人不高兴，二十分钟哪里够？都没有时间拍照的。没有人理他，导游说完就直往前走了，人们赶忙跟牢了她。

张英也跟着走了几步，确认了他们还会从原路折返，就停住不动了。团里的人只顾着找明星名字，他们的声音那么响，隔了老远都听得见。张英倚在栏杆上往海对面看。对面是高楼，或者山，灯光打出来的大广告，像是电视里常见到的，又熟悉，又陌生。张英忽然恍惚，不知道自己是为了什么来。

最多也就是二十分钟，导游领着人走过来了，张英以为要回旅游巴士，再回头看一眼，先前来的巴士并不停在那儿了。导游穿过马路，往那些密密麻麻的店铺里走，大家都跟住她。

一间便利店旁边的餐馆，门却开在地底下，很多级的楼梯一路向下，像是一张嘴。地陪导游熟门熟路地走进去了，被吞没了，旅行社的领队也走进去了，还有团员，都像是被嘴巴吞没了。

张英慌慌张张地冲进便利店买电话卡，店员的速度令她吃惊，她都没有来得及去数手心里的找钱。这以后的几次，她都慌慌张张的，总疑心自己的慢会妨碍到别人，给别人带来麻烦，招人厌烦。这种感觉令她更不愉快。

等她找到自己的那桌，圆桌上已经摆了一大盆白米饭，盆旁边一摞空碗还有筷子。张英找不到地陪导游，只看见旅行社的领队还在旁桌，松了口气。上菜像是飞上来地快，倒是有鱼有肉。张英本不对这顿饭有希望的，数了数，竟也有七八个菜。大家都吃得抢起来，饭和菜都没有一丁点儿剩，要么饿了，要么香港的饭真的就是这么好吃。

巴士开啊开啊，像要开得停不下来。张英竟不知道香港也是这么大的，她只是困得想睡着。外面的灯亮了又暗了，暗了又亮了，像是经过了好几个城市。

酒店的好也是意料外的，就如同地陪导游讲的那样，她是拿最好的酒店出来款待我们的。

跟张英一个房间的也是个不说话的女人，要不是派到一起，张英竟然不知道她跟她是一个团的。她不说话，张英也不知道她是不是一个人，有没有同行，现在的人互相都没有关系了，就连问一问名字的客套也省了。她们俩都不说话，各自睡了。

张英是六点半准时到酒店大堂的，她也没有什么东西可收拾，一个背包，衣服都没装几件。又等了半个钟头，人才陆陆续续到齐。看着别的旅游巴士都一辆一辆开走了，张英那个团还在等，张英心里也有些焦虑。又等了十几分钟，领队一头一脸汗地跑过来问，你们谁拿了房间里的吹风机？

　　团里的人马上就炸开来：房间里有吹风机的么？连个电源转换器都没有，都要我们自己出去买的。五块钱的东西都藏起来，他们会把吹风机放在外头？就算是放在外头，我们会拿他们的吗？一个吹风机有什么了不起的。

　　乱糟糟吵了一通，张英也没弄明白，那只吹风机从哪里来，又到哪里去了。

　　直到地陪导游叫大家上车，领队还跟在后面问怎么办。张英的怀疑有了佐证，昨天刚出机场，这个领队就领着一团的人乱转，找不到机场快线。她应该也是从来没有来过香港的，却摆出一副很熟香港的样子。

　　大概是因为早晨，睡饱了，人就很舒服。即使经历过吹风机的风波，他们很快就忘了。地陪导游在巴士上跟大家讲，她家有多小，小得躺在床上都能关电视机，而且是用脚趾头的时候，大家都笑得前仰后合了。

　　她把旅游纪念币拿出来叫大家买的时候，很多人买了。张英没有买，导游也没说什么，她笑嘻嘻地跳过了她，往车厢后面走，拿着纪念币锦盒的手瘦得只剩一张皮，张英看得到她的侧面，却是不笑的。

　　导游又叫大家出小费给她及司机的时候，张英不出也是要出的了，导游的话又是无懈可击的，只要是人，听了她讲的辛苦，都不会不出的。不出就不是人了。

　　导游又当着大家的面，把小费的大头交给了司机，自己只拿了一张，张英就原谅了她，还有她家的小房子。

倒是直接就到了一间珠宝店，张英已经记不分明以后的事情了，她只知道她连一百块一根的链子都忍住了没买。出去的门果真是找不到的，沿着围墙坐了一圈的人，黑压压的一片，有老人有小孩，有城里人有乡下人，也有怀抱婴儿跟自己一样的女人，那婴儿在嚎叫。这样的房间这样的场面，张英都禁不住要哭了。带着孩子受这个苦的人，张英为他们想了一万个理由，都是没有理由的。

张英想起来昨晚上给家里打电话，孩子在电话里笑的声音，真想多听一会儿，这电话卡又是要用四天的，要算着用。

有职员示意她跟他走，还有几个像是团里的团员，他们买了没有，张英不知道。不知怎地，职员竟然在墙上开出一个门，他们就出了那个店，那个门很快又关上了。张英没有往后面看，张英生怕自己一回头，就走不了了。

大家都沉默了，导游说什么他们也不笑了。不说话的女人突然就说了一句，有人买了只七万的钻戒。她眼睛都不看着她的，也不知道是不是跟她说话，女人说完这一句就不再说话了。她真的是不爱说话。

张英忍不住去想谁买的这七万，把头探出去看，都是一样的脸，她看不出来。倒是坐最前头的领队，正给坐她旁边的一个男人看她新买的能转好运的风车坠子。张英更觉着她不是个领队了，哪有旅行社领队自己买旅游区的东西？她那个坠子也与地陪导游明晃晃挂在脖子上的坠子不同的，地陪那是为了哄人去买，她买了又做什么？

张英突然觉得自己对地陪导游真是有点生气了，她说什么她都不会再相信了。

中午的饭菜好像缓和了一点气氛，大家又开始说说笑笑了。

只是这顿饭以后，地陪导游就走了，重新换了一个。

张英还以为她是要陪他们整个旅程的。她就这么不见了，招呼都没有打一个。

新的导游上来就说，你们不要不要脸。张英就傻掉了，全车的人都傻掉了。这个时刻，到底就这么来了。

要不是你们团有个别人自觉，现在你们都还在里头，中午饭都吃不上。新导游普通话不大好，说得又快，像一只怒气冲冲的鸟。普通话要是说不好了，语调永远是怒气冲冲的。

你们心里也都清楚，一千两千，到我们香港来白吃白住，你们要脸吗？酒店的钱，饭的钱，都是我出的，你们吃我的住我的，你们是要饭的吗？

最前排的领队抿着个嘴，脸上的纹路很紧，张英看不分明她表情的意思，到了香港，她也是个游客。

所以车到太平山，新导游叫人都出去拍照，半车的人都是不下去的。张英想跟着团里的几个男人出去走一走，脚刚下踏板又缩了回来，半个山腰都是抽烟的人，那些烟雾淹没了树也淹没了垃圾桶。也有人拍照，胡乱的背景。不是说香港都不许人抽烟的吗？人都到太平山上来抽烟了？

行程上的浅水湾于是就没有了。路上堵，又没什么好看的，新导游说，真的没什么好看的。

张英总觉着普通话不好的这位像是得了抑郁症的，突然很暴躁，突然又很沮丧，说来说去总是香港的不好，有钱人的香港好，穷人的香港就不好。再配上窗外面的破旧，每个人都觉得香港真是没什么好。

她再拿紫荆花纪念品出来卖，一个人都不买了。一是先前已经买了纪念币，二是眼前这位实在凶恶。

金闪闪的紫荆花，没有一个人买。

这个女人突然就下车了，都没待多久，倒像是从来没有出现过一样。

张英只是不知道接下来他们还会遇着什么样的人，什么样的事。再有什么，都不惊讶了。

酒店也没有第一天的好了。第三个导游说香港的酒店都这样，有人说那个天水围的酒店倒是真大，天水围不算是香港吗？导游鄙夷地看了他一眼。

车在一个巷子前停下了。导游喊一些人下车，那些人是半路拼上来的，拼了几个钟头，两个团的人互相都不说话。一个团全是南方人，一个团全是北方人，整团的南方人和整团的北方人是没有什么话可说的，尤其在香港这样的地方。

导游领着北方人弯进巷子里去了，张英往车窗外望去，他们其实也跟他们一样，成群结队的，拖着箱子，又是一天，人人都累了。

等了好久，导游才回到车上，对着剩下的南方人说，你们要识趣，买东西达到指标了，就有好酒店住，可不是这种地方的酒店。你们也不要跟我凶，凶了就住在这儿。

南方人都没有声音，也许麻木了，也许在心里面诅咒了一万遍导游。

张英想起刚才那一团的北方人，昏暗灯光下走着路的细碎的影子，心里竟有点难过。

南方人或者北方人，到了香港，全部是内地人。

终于站在货架前面了，张英的手禁不住地发抖，这半天的自由活动，竟是那么珍贵。

之前的苦，都是值得的了。白花油，她没买，老婆饼，她没买，连上市金店的董事长同乡都出来了，她都没有买。她甚至开始怀疑自己是不是头一回出远门了——那样强大到打倒一切的气场——领队都买了第二只路路通了。

可是奶粉罐子都是空的。张英回过神来想，是要拿着空罐子去收银台付钱的。奶粉这种贵重东西，当然不会放在架上。

可是收银台很干脆地说没货，售货员的普通话很好，她说，没货。张英愣住了。

张英想起不喜欢说话的同屋说的话，你要去偏一点的地方，地铁坐到底的那个地方，到那种地方去买，才有一点希望。

已经是到底了，这里都没有，哪里还有？

那么就得去另一个方向的到底。

坐在地铁上，张英又算了一算，觉得自己先前是算错了的。这么跑一趟，其实是不合算的。张英的冲动，不知道是为了奶粉，还是为了自己要这么出去一下。

"每人限购四罐"，很醒目的六个字，红底的纸牌，黑色的字，或者黄色的底，红色的字，张英已经记得不真切了。张英只记得后背上的洞，眼神刺出来的。张英故意不去看周围的人，她的眼睛死死地盯着奶粉，反倒像是心里有鬼。奶粉买下来，她已经满头大汗。

应该带个手推车来的，死沉的奶粉背到身上，张英才后悔。这种后悔很快就过去了，张英仿佛已经听到了孩子的笑。

背着大包小包爬上了回酒店的地铁，张英才发现，香港的地铁一直都是挤的，空着手的时候察觉不到，其实香港的地铁真的是挤得只留一条缝。神奇的是，没有人互相碰到，每个人都缩着肚子，屏气敛息的，人与人之间就有了一条缝。

张英突然很渴望那条缝的存在。很多时候，人跟人都太近了。

那种近，反倒是恶意的。

好像早晨的时候，那个一直帮领队提箱子的男人不再提箱子了，他走在最前面，甩着手，摇摇晃晃地，像梦醒了一样。

你倒是一直空着手！领队突然出现在张英的面前，张英看着那张突然放大于是变得清晰的脸，原来鼻翼的两侧有深深浅浅的麻子，粉底都盖不住了。

我一开始就注意你了，你根本就没有行李，你来香港干嘛？领队说。

张英不知道怎么回答，张英只是瞪着她的脸，那些麻子似乎变红了。

好了好了，没看见我这一路上的大箱子吗？来帮我拎！领队说。

张英有些吃惊，望着领队，领队笑嘻嘻的样子，像是开玩笑。

听不懂啊？别忘了你的港澳通行证还在我的手上！领队说。领队说这一句的时候是不笑的。

张英只想着只要一踏上内地的土地，就把港澳通行证撕得粉碎，砸向领队的脸。她也只是想一想，她是一个母亲了，她做的每一件事都要为孩子积福。很多人做很残忍的事情，因为他们没有小孩，以后也不会有小孩。

别太过分了。同屋的声音，很轻，然而很硬。

领队闭嘴了，转身就走，带着她的大箱子，里面有那么多衣服，她每天都换两套衣服。

一定是她带太多衣服了，之前一直帮忙的男人也忍受不了了。一定是她跟别人都太近了。

同屋能够帮她说这句话，应该还是她陪着去修表的情分。最后一个购物点了，同屋在那个海边的展销厅买了一只表，坐到车上了才发现盘面上有划痕，擦不掉，像是很尖利的刀尖划出来的。

同屋的眉头皱得厉害，张英想起了自己因为假奶粉扔掉的钱，大声地说，我陪你去找他们，要是退不行，应该给你换一只，这才买了没两分钟。

退果然不行，换也不行，但不知道怎么弄的，还是那只表，他们把那道划痕去没了，一丁点都看不出来了。他们的态度都是极好的，同屋的眉头也没有那么皱了，只是张英觉着，那道划痕会一直刻在同屋的心上的，看不出来了，但是刻着。

张英这一辈子都不会再去香港了。

她其实幸运，普通的一个旅行团，来回比较了好几间才挑中的旅行社，尽管他们说挑来挑去都是一样的。该去的地方都去了，要买的东西也买到了，行程就要结束。

出关的时候同屋跟她握了下手，说再见，说以后都不会再见。同屋竟然苦笑了，她说她们这一队有十几个人，都是旅行社的同行，买钻戒的是他们的人，一出门他们就知道不是真的了。同屋说这个行业男男女女的破事。她只说了这三句，她原本是不说话的。

过关的时候张英被拦下来了，没有人告诉她，每个人只可以带两罐奶粉出香港。没有人告诉她。

一切重新开始，我换一个名字，
我换一种方言说话，除了面孔和身
子，我什么都换。

——《到南京去》

到常州去

1

唐小宛突然之间很想末末，想末末的时候唐小宛正坐在酒店的大堂中央弹钢琴，乐声戛然而止的时候，整个大堂就像被冰冻起来了。

想念来势凶猛。那是很奇怪的一件事情，唐小宛正弹奏到一支曲子的中间部分，而末末也许还躺在床上睡觉。她们各自干着各自的事情，互不相干。

唐小宛坐在钢琴前，坐了很长一段时间，似乎也没有人注意到音乐的停止，也许每个人都会觉得少了点什么，想一想，没有想出来那是什么，也就算了。

静止的唐小宛坐在暗香浮动中，如果有光，就会看到这些香气，它们的颜色很诡异，沉凝着动也不动。每次弹奏前唐小宛都要在自己的手腕处抹上厚厚一层香水，香水从指尖渗入了琴键，琴键在动，气味就散发起来了，在钢琴周围散发，在大堂的空间里散发。所以尽管唐小宛的演奏是纯粹的商业行为，事实却是唐小宛在控制钢琴，而不是钢琴控制唐小宛。

唐小宛从散发着浓郁香气的木钢琴中得到了乐趣。每一个年轻女人都是很会享受生活的。

唐小宛站了起来，缓慢地绕过钢琴，向玻璃门走去。

唐小宛也不知道自己为什么要绕着钢琴走一圈，好像要引起什么人注意似的，但是没有人觉得她绕钢琴走是一件很奇怪的事情，堂吧里没有坐着一个人，表演系出身的接待小姐挺拔地站立着，眼睛却和脑子一样，在发呆。傍晚时分，外面的太阳光还很明亮，门童穿着脏极了的白制服站在门口，远远地看，衣服上绣着的金线像绳索，把他们整齐地捆绑起来了。

唐小宛想着，或者唐小宛什么也没有想，她迅速地走出了酒店，细带鞋的高跟清脆地敲打着花岗石做成的地面，很快就走下了台阶。

2

唐小宛非常清闲，一直都很清闲，毕业以后的大半年里，唐小宛所做的一切就是穿行在各个酒店之间弹奏钢琴。唐小宛是一所重点小学的音乐教师，当然她要比其他学校的音乐教员清闲得多，音乐课通常被安排在下午，每天一堂，或者两堂，到期中考期末考或者别的什么紧要关头，音乐课就会被班主任们和颜悦色地要去，以便于安插一些对学生们更有益的课题练习。

尽管如此，唐小宛仍然觉得做一个音乐教师真是太不幸了。每一个年轻女人都对生活不满。

应该这么说，唐小宛并不缺钱花，尽管她名下的钱大多来自于父亲，多年以前他还是一位唐局长，然后他成为一位唐处长，很快地，他又成了一家公司的唐总。唐小宛只感到眼花缭乱。

唐总一直以来就非常反对自己的女儿在任何公众场合做商业

性表演。她居然还领取相当数量的佣薪。那是件令人一想起来就非常生气的事情。

我们家并不需要靠你弹琴来维持生计。现在唐总一看到唐小宛就要生气。

我知道。唐小宛回答。

你即使要演奏也不能这么抛头露面。

不露出面孔他们怎么知道是我在弹琴呢？

你并不明白我的意思，你是一个老师，你可以安安心心地在家里给小孩上课，为什么一定要到外面去呢？

我不正在上课吗？唐小宛说，学校的课上，家里的课也在上，我自己都没有觉得我变成了一台忙碌的赚钱机器，我正在过着充实的生活。

可现在你是一个钟点工了，钟点工，明白吧。

唐小宛一笑。那我总要干点什么吧。

唐总解释，现在我在干点什么，就是为了让你不再干点什么，可你为什么一定要自己去干点什么呢？

我真不明白，能自给自足倒变成不好的事情了，唐小宛说，我刚刚还在街上碰到了我的初中同学，她染着红色的头发，眼睫毛却是蓝的，我问她，你在干什么呢？一直都没有你的消息。她告诉我，她一直待在家里，也不上班，也不上学，她的观念就是结婚前靠父母，然后找一个有钱的男人，和他结婚，结婚后就靠男人，自己什么事也不要干。当然，这只是例个案，但它存在。你要我过这样的生活吗？

唐总认为唐小宛的口才非常好，从小就这样，有问有答，必要的时候还会例证，似乎也很讲道理。于是唐总认为自己头很疼，应该走开。

3

唐小宛和同时分配到学校的小林老师比较要好，但小林老师在某一天的下午突然失踪了。所有的人都知道小林老师行为古怪，她会做出一切你意想不到的事情。小林失踪前的上午，那一天没有她的课，但她走进了每一个教室，笑眯眯地对学生们说，把你们上星期的图画作业都交上来吧。美术课代表收集了一番，羞答答地交上去了几张涂抹得很难看的卡纸。小林老师仍然笑眯眯地说，那么，把你们空白的卡纸和美术课本都交上来吧。学生们又乱哄哄地翻了一场，找出美术课本，交了上去，小林老师站在讲台上，把美术课本和仅有几张完成的作业抱在怀里，笑一笑，走出去了。所有的学生都认为林老师从来没有笑得这么难看过。

小林老师失踪以后，唐小宛突然觉得一切都是空荡荡的，现在在做的一切事情，所做的一切，都没有任何意义。唐小宛看着这些孩子站在办公室里叽叽喳喳，这些坏小子们，他们都只有十几岁，可他们老气横秋，他们要求学校解释美术老师小林的失踪事件。

美术分数也是要上成绩报告单的。其中的一个坏小子说，可课本和作业纸都被搜走了，这是件早有预谋的事情，她早就计划好了的，现在我们怎么办？

只有唐小宛自己知道，她是学校里最后一个看见小林老师的，在学校的宣传橱窗前面，小林缓慢地向唐小宛走过来，说，学校的那架旧风箱会把你的手弄坏的，你难道不知道自己弹的是一台破烂吗？它会影响你，慢慢地你就会变成一个废物。

唐小宛一笑，说，你在忙什么呢？小林，我有很多天没有看见你了，你很忙吗？

我在给一家餐馆画招牌画，如果让学生们看到，他们的老师在画广告牌，那会很不好，是吧，小宛。

我没这么想。唐小宛说。

小林叹了口气，从唐小宛的身边走过去了。

唐小宛从小林的课堂走过，发现小林端坐在讲台前，黑板上挂着一幅水彩画，学生们在课桌下面偷偷摸摸地做着语文、数学或者别的什么作业。大家都知道小林是这么上课的，把一幅自己的画挂在黑板上，然后告诉学生们她画的是什么。小林老师一般不会太严厉地要求学生们应该干什么或者不应该干什么，于是所有的孩子都自由地选择了在美术课上写作业。

小林老师分派到学校后做的唯一的一件事情就是办了一次儿童实验画展，小林把学生们带到了大街上，在一处遮掩拆迁物的墙壁前，她给每个孩子都划分了一小块墙壁，让他们像在课堂上一样，想到了什么就画什么。唐小宛听见小林说，同学们，我们在画，可我们画出来的并不是艺术，我们在画，我们正在画，这种行为才是艺术。

小林说完，转过身对唐小宛说，现在的孩子多坏啊，他们知道画什么能得高分。

什么？小宛疑惑。你对他们要求太高了，他们都只是小孩。

是啊，其实我们也有很多问题，连我们自己也不知道怎么办。小林说，小林的手指尖沾上了红绿颜料，那些颜色很鲜艳。

4

然后小林老师就失踪了。

5

唐小宛想着失踪了的小林，在学校里走，看见前面的走廊里有几个学生在唱歌，重复的音调唱了一遍又一遍。

　　太阳当空照，花儿对我笑，小鸟说，早早早，你为什么背上炸药包？

　　我去炸学校，老师不知道，拉开弦，赶快跑，轰隆一声学校没有了。

唐小宛发了会儿呆，快步走到他们中间，尽量做出柔和的样子，对学生们说，能再唱一遍给老师听吗？

学生们停在原地，面面相觑，没有一个人再发出声音。

唐小宛有点紧张，那么，这是我教你们的吗？

不是。学生说。

那好，以后再也不要唱了。明白了吗？

学生们应付地点头，打着哈欠，从唐小宛的身边跑过去了。

唐小宛想起刚到学校的时候，第一天上课，那些圆滚滚的小家伙居然就紧紧缠住了她的手和她的脚，他们天生就有社交的能力，他们好像什么都见过了，一点儿也不怕生，他们是那样的弱小和天真，他们讨好她，站在她的面前絮絮地诉说他们的心事，让她情不自禁怜惜他们，疼爱他们。唐小宛第一次上他们的音乐课，有一个英俊的小男孩就很大声地对她说，唐老师，你怎么这么漂亮啊？

那个小男孩也在其中，嗓门似乎也比其他男生大得多。

真是个坏小子。唐小宛暗地里想。坏小子们很快就跑得不见了。

6

唐小宛闲散在家就会给末末打电话。末末是唐小宛的同学，毕业以后去了常州，起先两人还有些来往，可联系越来越少，就像所有学院式的友谊一样，会随着时间越来越淡，最后消失。

唐小宛也去过几次常州，那是一个像县城一样的地方，末末带着唐小宛在小弄堂里走来走去，走得唐小宛的眼睛也花了。

常州常州，常来走走。末末说，既然来了，就多走些路吧。

唐小宛只发现弄堂里的常州女人长得都一样，脸的轮廓，穿的衣服，头发染的颜色，什么都一样。

我最讨厌这些一模一样的女人了。末末说。

唐小宛郁闷地说，可你也是这些女人中的一个啊，我们还是继续走吧。

7

唐小宛站在酒店的喷泉池前等车，等了好一会儿，没有一部车来，也没有一部车经过，好像整个城市都凝固起来了。唐小宛走出去，到了街口，然后停下来，开始等车。

不管什么车，即使是外事旅游的奥迪出租车我也坐上去，我只想早点见到末末。唐小宛想。

唐小宛又等了一会儿，只觉得自己在吃灰，脸越来越黑。唐小宛从街对面的玻璃幕墙上看到了自己，才发现自己还穿着酒店的衣服，曳地长裙，领口开得很低，袖口充满了繁琐的花边。除此之外，什么也没有。

和往常一样，唐小宛什么都没有带，唐小宛的习惯是，弹奏完毕，就回家。可是今天和往常不一样。

唐小宛的头发在晚风中微微地动，唐小宛是一个美女，唇红齿白，亭亭玉立。

唐小宛只想打一辆车，就这么简单，打一辆车去常州，看自己的朋友末末。

为什么是末末，也可以是别人，随便一个什么人，唐小宛有那么多朋友，更何况末末远在一百五十三公里之外。可偏偏是末末，现在唐小宛只想见到末末。

有很多车来来往往，也许车里的男人和女人都看到了她，但她真是个奇怪的女人，她穿着长极了的软缎裙，颈项和手指上戴着首饰，她就那样站在商业区的街口，那是多么奇怪啊。不过他们只是看了她一眼，就从她的身边开过去了。

8

一辆柠檬黄色的跑车靠近了她，停了下来。

唐小宛看着这辆奇怪颜色的车，眼睛很沉静。车里的年轻男人探出头，示意她上车，唐小宛犹豫了一下，然后熟练地拉开了车门，坐了上去。

唐小宛突然又想起了末末，好像有一桩什么事情在脑子里闪回了一下，还没有来得及抓住它，那个想法就像光一样，稍纵即逝了。

男人没有再看唐小宛一眼，只是继续朝前面开车，一句话也不说。

唐小宛也没有说话，一切都很戏剧化，唐小宛的心像水一样平静，一点也不觉得奇怪，什么事情都可能发生，什么都是不奇怪的。

车子行驶了几百米。年轻男人说话了：你要去哪儿？

唐小宛直视着前方说，我好像没有见过你，我认识你吗？

应该不认识吧，我也是今天才第一次见你。男人说。

那好吧。唐小宛一笑，那地方很远，也许你可以把我带到高速公路站。

我直接送你去就是了。男人说，我没什么事情。

唐小宛转过头，看了他一眼，说，我去常州。

男人不动声色，说，好。车子朝前面驶去。

9

你觉得奇怪？

你害怕吗？

不。唐小宛说。

类似的事情发生过，那时候末末还没有走，她们一起参加朋友的聚会，那地方在开发区，非常远，她们坐了朋友的车去，有很多车都去那个地方，什么车都有，她们玩到夜深，各自散去，等唐小宛和末末洗过手出来，所有的车都走掉了，就连摩托车也没有留下。只剩下她们两个人了，独自站在开发区的公路旁边，方圆几百里，只有树、彩色人行道，还有下了卷帘门的沿街房子，除此之外，什么都没有，灯光没有，电话没有，出租车没有，过往车辆也没有，更糟的是，她们的手袋和电话都还在车上，那个小子一定以为她们坐到别的车子上去了，于是开开心心地开动了车子，混在车队中间，走了。

唐小宛和末末站在街口，等待有谁发现了问题及时回来载她们，她们等了好一会儿才彻底失望，那些车子也许早就回到了市区，各自往不同的方向散去，就是那个拉她们来的小子，也一定躺到床上睡觉去了，他一定不会看车的后座，那上面还放着两只手袋，他一定看都不会看，这个傻子。

深更半夜，没有一辆过路车会停，即使看到了路旁有两个女人在招手，长得似乎都很漂亮，但他们不会停，他们的车像闪电一样飞过去了。一共是五辆车，它们分别是一辆奥迪，一辆桑塔纳，两辆面包车，还有一辆行走得极缓慢，却一路上噼噼啪啪发出巨响的拖拉机。她们远远地看到拖拉机吐出来的黑烟，马上就跑到公路旁边的菜地里去了，过后，她们一直为没有拦下那辆拖拉机后悔，她们互相埋怨，后悔得一塌糊涂。

大老远，就能听到车子的声音，轰隆隆的，很重，像战争时代的装甲车，越来越近，末末和唐小宛对视了一眼，末末站到了路边。

末末拦下了一部卡车，载满了货物的卡车，司机长时间地看着她们，她们穿着古怪的衣服，嘴唇和头发的颜色都很怪异，她们的眼皮上有金色的荧光在闪闪发亮。司机大概有四十岁了，还有个助手，像一个怀着很多心事的乡下少年。他们看着唐小宛和末末，发了会儿呆。

末末和唐小宛利索地跑上了车斗，车斗比想象中的高多了。

这是辆长途车，瘦弱的末末和唐小宛，她们踩在装得不太饱满的麻袋上面，衣服上沾满了油污。车子差一点就过车区，末末拼命地拍驾驶室的车顶，拼命地拍，那声音像闪电过后的响雷，砰砰砰，砰砰砰，末末的手掌于是变得很黑，上面是厚厚的一层泥灰。

唐小宛到达地面的时候，才发现自己叉开得很高的裙子在爬高爬低中裂开了数道口子，就像刚刚打完一场架一样。

自始至终，唐小宛没什么主见，如果没有末末，唐小宛也许会在开发区待上整整一宿，如果没有末末，唐小宛也许就会被卡车带到邻省去了。

此后，末末又遇到了相似的事情，只是故事的发展略有些不同。那个男人对末末说，只要你喜欢，这辆车就可以送给你。末末没有告诉唐小宛结局是什么，只是坐在方格布桌子的后面笑，末末的脸在黑啤酒的大玻璃杯后面显得有些变形。直到末末离开，唐小宛都不知道结局是什么。唐小宛只知道那也是一辆柠檬黄的敞蓬跑车，而且驾车的男人很年轻，长得也并不难看。

10

当然，你也许真的不觉得奇怪，或者害怕。但这是在城市，我倒觉得有一点新奇，但那种感觉并不太强烈，你呢？

我从没有做过这样的事情，今天我也是第一回，载一个陌生小姐去常州。

你怎么不说话。

你在听我说吗？

我忘了告诉你，我没有钱。唐小宛说，我一分钱也没有。

我不要钱。年轻男人嘶嘶笑了一通，像一条预备进攻的蛇。我家老头子给我买了这车，我在傍晚的时候就开着车上街去绕绕，没什么事，只是绕绕，看看风景。

唐小宛很反感他说老头子那三个字，唐小宛把身体往外挪了挪，开始看窗外的风景，没什么风景，城市的风景永远只是商场，走动的人，各种颜色的汽车，如果每天都看这样一幅风景，每天都看，那一定是疯掉了。

我去末末那儿做什么呢？也许就是要告诉末末这件事情，小林失踪了，可末末并不认识小林，末末也许会说，小林是谁，他（她）失踪了和我有什么关系？

唐小宛皱了皱眉，末末会那样，末末就是那样的一个女人。

我看得出来，你是个很会玩的小姐，你一定属于文艺型，你的手指很细长，这样的手指不能去做粗重的笨活，只适合在室内弹奏高雅的乐器。我猜得对吧？

我不用上班，我整天都闲在家里，找一些地方去玩，你喜欢去哪儿？酒吧？网吧？或者别的？

你在想什么？

唐小宛略侧了侧脸，瞥了男人一眼，心中充满了厌恶。

我什么也没有想。唐小宛说。

其实，你站在酒店门前的时候我就注意到你了，我从你的面前经过，我知道你在等车，我看着你等了很久，本来我已经从这条街走出去了，可我绕了个大弯，掉了头，我担心在我往回开的时候你会被别的车辆带走，我一直在担心，我担心极了，直到我看见了你的身影，你还站在原处，我的心才开始放松，我把车停在你的面前……我们要上高速公路了。年轻男人说，你真是要去常州吗？

当然。唐小宛说，当然，我说过了，我要去常州，越快越好。

好吧好吧……我起初还担心你不会上车，你会警惕地瞪着我，是的，这样的事情发生过，小姐们总是很警惕，可通常我不会弄错，你属于那种清纯但是见过很多世面的小姐，只是你犹豫了一下，你的犹豫让我又紧张起来了，但你知道，我的担心是多余的，你终于上车了，你的动作很漂亮，你知道，画着斜方格的地方不能停车，更不能上下人，你的眼睛迅速地飞了一下旁边，你并没有看到交通警察，于是你迅速地上了车。

你是个长得很美的小姐，可你笑起来的样子很坏。

唐小宛欠了欠身，脸上挂着客气的微笑，眼睛仍然看着外面。

你总是不说话，你总是在笑，你有心事吗？你在想什么，能告诉我吗？也许我可以帮助你。

你正在帮我。谢谢。唐小宛说。

我们开到一百码吧，这样最好，你有意见吗？

没有。谢谢。唐小宛说。

不要说"谢谢"这两个字，我很生气，不要说谢谢，再也不要说谢谢了，我不喜欢听到这两个字，我是很乐意帮你的，都是我自觉自愿的，谈什么谢谢呢，我们是朋友，朋友之间说"谢谢"不是生分了吗，是吧。

好吧。唐小宛不知道该说些什么好。平白无故地这个男人就是我的朋友了，唐小宛想。她疲倦地闭上眼睛，把背靠在了后座上。

男人满意地点头，我叫高峰，你叫什么名字？

我姓唐。唐小宛说。

我知道你的名字一定是假的，我知道。不要说话，不要想解释什么，我并没有抱怨你的意思，你是个很聪明的小姐，我们可以原谅聪明并且漂亮的小姐撒谎，你当然不姓唐，你们都这样，你们从来就小心翼翼，不愿意暴露自己的身份。我知道。

要听什么吗？居然开了这么久，我都没有想到应该放些音乐，气质好的小姐一定喜欢听齐豫，或者李玟，喜欢李玟吗？

好吧，如果你什么也不听……外面下起雨来了，刚刚还晴朗的天气，可突然下起雨来了，可这是多么浪漫的一件事情啊，你不觉得这不仅仅是巧合吗，也许……

你可以把雨刮器开起来吗？唐小宛突然说。

好吧。男人有些无趣，开动了雨刮器，两支黑棒开始勤奋地动，把星星点点的雨点扫到旁边，玻璃上出现了两个半圆形，透过半圆可看见前面的公路，像光盘游戏一样逼真，笔直的黑色的路，从车的左边飞驶过去，或有更快的车从旁边超越过去，没有拐弯，也不可以停止，也许有些小弯道，但并不明显，慢慢地，驾驶车的人就会受到蒙骗，觉得在高速公路上行车要比在普通公路上容易得多，于是，人的神经开始放松，放松，越来越放松。

唐小宛有了错觉，似乎不是在现实的生活，而是在游戏里，或在梦里，结识了一个陌生男子，对这个男子没有好感，也没有特别厌恶的感觉。他和他的车带我去常州看末末，常州很远，平时连星期天也懒得去，可现在去常州又变成了这么容易的一件事情，很快，只一会儿，我就可以看见末末了，我们有大半年没有见面了，我们很快就可以见面。

唐小宛忽然开始担心他的驾驶才能，于是斜着身子端详了他一番。只看得见他的侧面，他的面孔并没有他的嘴那么招人厌。

男人开着车，说，这是很漫长的一段旅程，的确很漫长，还有二十分钟我们就要到了，你看到指示牌了吗？我没有想到，时间会过得这么快，一百多公里，我一点也没有察觉到，我只是觉得时间过得太快，实在太快了。

我们来做个小游戏，好吗？这是一道心理测试题，现在你说出四个成语，四个就够了，你不要故意去想什么成语，你脑海里出现了什么，你就把它们说出来，无意识地说出来，就现在。

唐小宛迟疑了一下，说，一箭双雕，一石两鸟，穷凶极恶，雁过拔毛。

男人大笑。你能告诉我你是做什么的吗？

唐小宛坐直了身体，说，我真是厌烦透了，你一直在说话，你像个老太太一样喋喋不休，即使我什么都没有说，你仍然在说话。你可以不说话吗？我搭你的顺风车，只是因为我实在没有车可乘，可搭你的车并不意味着我就要耐心听你絮絮叨叨。

唐小宛以为他会非常生气，至少也会冷场。果然，男人的脸色变白，又从白变成了紫色，可很快他又恢复到正常了。唐小宛不得不钦佩他的风范，处乱不惊。

你的脾气很大，是的，你一定是个娇生惯养的独生女，像我一样，我是个独生子，我的脾气也很大，只要我愿意，我在吃饭的时候就可以把桌子掀翻，上上下下没有一个人会指责我的不对。只要我愿意。可你是个漂亮的小姐，我们允许漂亮的小姐脾气更大。男人说完，咧嘴一笑。

如果硬要从高速公路上下去，那是很愚蠢的。唐小宛对自己说，也没有必要，他又没有把手也伸过来，他只是在自言自语，而且他似乎也是上过学的，并不太粗野，他应该不会怎么样的。即使我反感他，可他正在帮我，即使他是出于别的目的，我也应该感谢他。

　　他终于安静了一会儿，寂静像死一样令人沉闷，车子像没有人在驾驶它一样，稳稳当当地往前行驶，男人想首先打破僵局，说，我家老头子……

　　好吧，如果你再说"老头子"这三个字，我就立刻下车，立刻。

　　怎么了，难道不是老……好吧，是我父亲，我父亲也对我说，你不能老在外面跑来跑去了，你应该找个女朋友了……我还没有女朋友。

　　唐小宛觉得自己很烦躁，烦躁越来越强烈。唐小宛想起了末末，一切都似乎是安排好了的，末末也碰上过相似的事情，这是个多么大的世界啊，可女人们总是会有相同的遭遇，因为男人们都没有别的什么话可以说，他们只会说，只要你愿意，你可以做我的女朋友。可他们并不了解这个女人，他们只是看到她，她长得很美，她的身体很漂亮，她的气质也很好，于是他们以为这个女人优秀，应该让她做自己的女朋友。这是多么可笑的一件事情啊。

　　唐小宛终于看到了写着常州两个字的标识牌。

　　跑车像滑翔的机械飞机一样，滑下了弧度很大的转盘。

　　就到这儿吧，你可以放我下去了。唐小宛说。

　　男人把车停在了路的一侧，吃惊地看着她，说，我应该把你送到你要去的地方，甚至可以等你办完事再把你带到南京去。

　　谢谢。唐小宛礼貌地回答，可是不用了，我能找到我要去的地方，离这儿并不太远，我走着去也行。

不是答应过我，不要再说谢谢了吗？男人说。

好吧，那我不客气了。唐小宛说。我就在这儿下车吧。

等一下，我给你留个电话，你会打电话给我吗？

唐小宛想了会儿，说，我会的，我会打电话给你。

唐小姐，你也给我留个电话好吗？我想再见到你。

即使我留了，你也会认为这个电话号码是假的，就像我的姓氏一样，它们都是假的，我还是不留了吧。唐小宛说，你遇到过的她们都是这么干的。不是吗？

男人收起了笔，说，那好吧，等待着你给我打电话吧，你会的，是吗？

11

唐小宛站在车的外面，忽然想起了什么，俯下身子对车里的男人说，你是不是经常在大街上游车河？

是，每天傍晚，我都会开车出来转转，也许你又会在街上看到我，我的车颜色很亮，很引人注目。你感兴趣了吗？车里的男人比画了一下手势，唐小宛下意识地看了看自己的手心，手心里是他的电话。水笔的字迹，也许很快就会消失掉。

男人斜过身子，脸靠近了窗口，说，还记得那个心理测试题吗？我应该告诉你答案，第一个成语是说你的初恋，第二个是说你的热恋，第三个是你的新婚之夜，第四个成语是说你的婚外恋。

唐小宛笑了笑，抬起头望了望远处，淡淡地说，你以前来过常州的吧？

来是没有来过，可是以前认识的一位小姐与我说起过这个城市，她说，常州常州，常来走走，倒是很有趣。

以后你必须换一种说法了。唐小宛突然大笑起来了，你可以告诉你的乘客，你并不是我载的第一位小姐，可你是长得最美的一位小姐。

男人的脸很迷惑，唐小宛最后看到的只是一张迷惑的脸。她转过身，拐进了国道旁边的小巷子，末末就住在那儿。唐小宛有一种迫切地想把什么都告诉末末的冲动。唐小宛要给末末一个惊喜。

唐小宛听到了车子发动的声音，像怒气冲冲的动物，飞快地跑掉了。唐小宛独自笑了一声。

12

唐小宛敲了半天门，隔壁的老太太出来朝唐小宛瞪眼睛，嘴里说，没人在家。

唐小宛看了她一眼，继续敲。

老太婆恨恨地大声说，不是说过没有人在家么？那个小姑娘跑到外面去了，今天中午神经病一样在房子里叮叮咚咚地收拾东西。

唐小宛息了手，仔细看末末的房门，上面贴着一家酒吧的招牌菜广告，画了坐着的末末，正在吸一支香烟，还有末末新鲜的笔迹，我去南京了。

唐小宛坐到了末末屋外的台阶上。现在我真不知道应该怎么办好了。现在好了，我一分钱也没有，在常州。

到南京去

1

我厌倦我现在的生活，我想我应该去南京，没有人会认识我，我也不认识任何人。我像一张白纸，一切重新开始，我换一个名字，我换一种方言说话，除了面孔和身子，我什么都换，让我去吧。

我不要穿时尚衣裳，让我就披着这件旧棉袄去那个城市吧。我站在广场上，像所有饱含激情的男女们一样，先拿眼睛茫然地看一眼那个城市的模糊轮廓，然后慌慌张张地裹紧我的棉袄，深入到它的静脉里去，动脉里去，血液里去。我什么都不想带，我只要进去，进去，进去就好了。

现在我情绪低落，一夜歌舞升平让我情绪低落。

"我们去南京，现在就走。"他们原先是讨论另一个问题的，但是他们发生了争执，他们面孔潮红地从各自的圈椅里挣脱出来，摇晃着保养良好的头脑挪动到门口，好像立刻就要打开门跳上车去了。我坐在那里，柔软的椅子让我安静，我望着他们，打了个呵欠，我们的城市里充满了开发区的小老板，每个人都很年轻。

"我们走吧，从高速公路上走，我们开车，让我们在里面扭动。"他们喝酒，快活。

他们和我在一起是为了什么，我知道，我唱得好，并且我弹得一手好钢琴。我不知道我是怎么认识他们的，我一直在懵懵懂懂地过日子，不愁吃穿，追逐潮流，他们就像是突然从地底里冒出来一样成了我的朋友。我是家里的独生女，我的父母想让我在音乐上有所建树，他们给我买钢琴，但我弹了二十年，最后我只能够在一个小学里做音乐老师。现在的小孩子们真是坏，我第一天上班，那些圆滚滚的小家伙居然就紧紧缠住了我的手和我的脚，他们天生就有社交的能力，他们好像什么都见过了，一点儿也不怕生，他们是那样的弱小和天真，他们讨好我，站在我的面前絮絮地诉说他们的心事，我情不自禁地怜惜他们、疼爱他们。我第一次上他们的音乐课，那个英俊的小男孩就很大声地对我说："老师，你怎么这么漂亮啊？"真是一个坏小子。

母亲把我反锁在房间里，我尖叫，声嘶力竭。

放我出来，放我出来。放我出来！

我的母亲眼泪流了一脸。

他们想什么你会不知道？你也不小了，你不要和他们往来，他们都是流氓。

是的，我知道，他们都是流氓，有几个钱的流氓罢了。我可以和他们断绝关系，我装作不认识他们，从来也没有见过他们。好了吧？！

但是我要给女友过生日，我们校庆举办餐会，我们老同学聚会。总之我要与学校和同学有关系，我便还可以频频地出去。

我轻盈地飘到了房间的中央，后面的大屏幕上还在演绎着死去活来的爱情故事。女主角披挂三点式骑在美丽的小白驹上，频频回首，男主角就像一只从来没见过大世面的猫那样，披散着凌乱的毛发羞答答地紧随其后。他们的肚子下面闪烁着一句又一句充满错别字的歌词。说你爱我。我们爱吧。就要爱了吗。

站在美丽的地板中央，众多绚丽的灯光照耀了我，然后我坚定地说了那三个字：我要去。

什么？他们吃惊地看我。

现在就去。

我们说什么了？我们有说过什么吗？如果我们说了那我们现在收回。这么冷的天去那地方干什么？

你们把钱拿出来。

好吧好吧，我们每个人给你两千行了吧。外面很冷，我们又不骗你。

我镇定地数清了钱币，放进裙袋里，然后我缓慢地挪动到门的背后，在他们争论第三个问题时，我悄无声息地从散发着温暖和糜烂气息的房间里消失了。

我推开玻璃门，走到外面。我往左边看，我一定是站在风口，而且我必须要站一段时间了，我往右边看，那辆洁白的出租车突然就停在了我的旁边，司机年轻并且憔悴的脸上带着掩饰不住的欣喜。

我到火车站。出租车在坎坷的马路上跳跃，我把棉袄的下摆往旁边往下面拉，我想盖住我裸露着的寒冷的腿，但是它们还没有恢复知觉，我就来到了车站，我可什么都没带，真的。

天还没有亮，黑漆漆的一片，车子慢慢地在广场上移动，有很多模糊的影子站在或者蹲在广场的角角落落，他们做出等什么人的模样，同时他们成了阻碍，看见车进来了，就纷纷活泼起来，用身子或者腿拦住车的去向，脸凑近车窗。车子还在行进中，他们就伸出手想要拉住车门，另一辆进来，他们便又反应灵敏地分流出一部分殷勤地给那辆车开门。

小姐小姐，到哪里到哪里？

我没有理睬他们，我什么也不看，我下车，然后义无反顾地往车站的方向走，我目不斜视，直线快走，他们也很有耐心地一直跟随在我后面，一直跟着我穿越了大半个广场，这段路程快要走完了，我迅速地靠近了随便一个黄牛，在他的手里我买到了我要的票。南京。给钱。走开。刚才还很热情的男女立即就散开了，我以为他们应该互相谩骂，或者直接谩骂我好了。但什么都没有发生，他们像开始时突然出现一样，现在又全部突然消失掉了。

我的膝盖开始痛，我想也许我错了，现在是冬天，我可以像一只虫子那样在温暖的洞穴里冬眠，但我居然到了火车站，几分钟后就要坐上去南京的火车。

但现在还有几分钟，让我坐在付了空调费而不得不享用的候车室里吧。我敏锐的身子和皮肤感受着大厅里类似山芋的味道，温暖、色泽金黄并且散发出淡淡的臭。我的关节缝里有痒痒的液体滚来滚去，我猜测它们是蓝色的。我坐在那里，举止和表情都很正常，但我发现一个愚蠢的男人正试图掰开玻璃窗喘口气，他的努力有了回报，冰冷的风已经从窗口的缝隙里钻进我的骨头里去了。我站起身来，在面孔潮红的人们面前走过，我绕了一个大弧，但是风也绕了一个大弧，我便只能抬高我的声音对他说，当然我没有对他大声叫嚷，我只是在对他说：我花钱不是来吹冷气的。就这么一句，我可一句话都没有多说。我以为他会恼怒，然后一下子招来几十个同伙给我好看，我正在后悔的时候，他马上躲躲闪闪地把窗关上了，大厅里立即又充满了山芋的味道。

"小姐，您是南京人吗？"一个男人突然靠近我。

我看了他一眼，出于对他含糊的长相的尊重，我含糊地点头，或者不点头。然后我站起来，混在众多的人和人中间，往检票的地方挪动。我要走了。

我发现火车的台阶有三级，我一直以为它们有四级，但现在它有三级，我又回过头数了一遍，它还是三级。我的旁边坐着一个英俊的男生，就像我的学生们一样，他看上去很单纯，眼睛安安静静地直视着最前方，抱着一只空荡荡的背包，他的手指像女性那样纤弱，我想我会有一个美丽的旅程，我有一点动心。

我凝视了我的座位许久，上面有一个清晰的鞋印，鞋印的旁边是分布细密的香烟灰和花生皮，车厢里有很多人走来走去，人走动时应该有风，但它们动也不动，好像是被胶水粘在上面了。我俯下身，仔细地看了它们一眼，然后吹气，它们马上滚到缝隙里去了，但是我知道它们马上又会随着车启动一个个逃出来。

我从口袋里摸出面巾纸，用力擦我的座位。我听见我的背后有男人的声音，我赶忙站直，转身。我弯腰，我的超短裙就会天然地撅起，结果和有人故意把它撩起来一样，甚至糟糕得多。

我发现那个男人又出现在我的面前，他把脸凑近我的同座："对不起，我是她亲戚，我能和您换个座位吗？"他用手指着我，却看也不看我，只是一味地拿眼睛盯牢小男生，车厢里有很多人走来走去，他们的身体和他们的皮箱不停地从他的身子上摩擦来去，但他毫不顾惜，他把脸更加近地靠近男生，眼睛里一定带了恶狠狠的意思。

可怜的英俊男生像受到突然袭击般从梦中醒来，他用他水汪汪的大眼睛看了他一眼，又看了我一眼，然后哆哆嗦嗦地站起来，抱紧他的宝贝包，迅速并且知趣地从我的视线里消失了。

我愕然，望着这一切发生，我不知道最后我怎么把愤怒变化成微笑了，我的微笑摆放在脸上，看上去是表示赞同的意思，也许我还在心里面想这有什么呢，把英俊男生换成献殷勤的绅士也没什么不好。

车子动起来了，绅士像第一回乘火车一样，不停地在我的旁边扭来扭去。

"小姐，您热吗？如果热的话您可以把大衣脱掉挂起来。"

我确实热，我顺从地想脱去我的外套。我坐在座位上，绷直身子脱衣服，当我的两只手臂屈辱地从狭小的空间伸展时，我听到一声细碎的声音，然后我的胸一下子也伸展开来了，我知道文胸的搭扣已经从后面断开了。

他没有看出来吧，我希望每个人都不知道是怎么一回事，我把背躬起来，至少现在我一定要把胸掩藏起来。他马上把他的密码箱放在肮脏的车厢地板上，双手捧过我的旧棉袄，踮着脚尖把它慎重地挂上去。他小心翼翼，生怕把棉袄弄疼了。

我坐着，表示感谢。然后我想闭上眼睛，但他开始说话。

"我总是在全国各地跑来跑去。"

"我在每个风景秀丽的地方都有一幢房子。"

我很礼貌，我的礼貌完全可以维持两个小时，我脸上一直带着微笑，我的眼神在他和他的附近游离，但我眼神的游离好像助长了他的志向，他那宽阔并且显得十分油水的大嘴巴居然再也停不下来了。

"每一幢房子的摆设都很精美。"

"我给每一幢房子的女人都配置了她最想要的东西。"

火车闪电般移动，很快地它将把我带到另外一个地方，我将在那里下车，然后回来，或者不回来了。总之我要消费掉他们给我的所有人民币，我要买我最想要的东西，随心所欲。但我说不出的沮丧，我的裙袋里有足够我用的钱，但我沮丧。

"你好像有心事？"

"想这么多做什么，我可以让你高兴起来，让你高兴得不得了，我讲最新鲜的事给你听，你听都没有听过，想都不敢想，你想不想听，我知道你想听，你怎么不说话，我讲给你听了，我现在就开始讲。"

我只想把我的身子尽量缩小，小到他再也看不见为止，他会啊啊地叫，神色惶恐音色沙哑，然后夺门而去，当然火车的外面是铁轨，铁轨的外面是菜地，我只希望他的臃肿的身子穿越过铁轨然后到达菜地，我希望这样，我希望我马上消失，马上，就现在。

我的眼神越过了他的脸，脸的后面是厕所，我盯着厕所看，现在它的门口只蹲着三个女人了。火车上的女人很古怪，她们不用照镜子，她们从皱巴巴的皮革包里摸出一支颜色晦暗的蹩脚口红，在火车左右摇晃的行进中，在众多男人的注视下，噘着嘴，把那管颜料往厚嘴唇上一抹，上下唇合拢飞快抿一抿，发出"啪"的响亮的声音，那红色就留在嘴唇上了，她们没有照镜子，但是颜料并没有涂到人中下巴以及其他除嘴唇外的部位上，一点儿都没有，其老练和准确程度真令人吃惊。

只要再过几分钟，她们就会一个个走开，她们走了我才可以去，我不愿意与她们站在一起，现在她们正在互相观察着对方的颈、胸、小肚子、腿，彼此心照不宣地微笑，自我感觉良好，添一个我，会影响她们的感觉，千真万确。我只想进厕所处理一下我断开的文胸，虽然从表面上看没有什么不妥，但我心神不宁。

厕所的上方闪着红色的光。里面有人，而且这个人把门关牢了，屏幕上就会显示"有人"的字样，但是如果里面有人，这个人却不知道如何把门关牢，那么听信电子显示仪就会看见一张蹲在那里吃惊而且恼怒的脸。里面有人。里面没有人。多不好，太直露了，我仿佛清晰地看见里面的女人（或者男人）在艰难地捆绑他们的裤腰。

列车员走来走去，两个小时的路程中，他们向我们推销通讯录、时刻表、《新民晚报》、牛奶咖啡、谋杀案强奸案居多的花色杂志。当意料之中的第一辆售货车出现的刹那，他一把逮住了推着车的列车员，他把脸探出去看，货车里永远盛满了包装精美但味道怪异的各类食物，一边扭过头来问我："你喜欢吃什么？"我可什么都没说，他的手便很动情地从车子里面掏东西，就像暴发户花点小钱买了一书架世界名著那样，他大概是想用"世界名著"来打动我吧，他不停地拿，一边拿一边看我的脸色，我可什么都没有表示，但是东西放在我的面前了就可以吃，是吧。列车员还没有走开我就开始吃。

为什么不吃？有什么道理不吃？

我故意吃得很难看，我伸展着我的双手，我弹钢琴的美丽的手此刻就像五爪龙那样青筋毕现。我修长的指甲里立即嵌满了碎肉。我左手拿着鸡，右手拿着火腿肠，我没有把它们嚼烂就咽下去，它们挤在我的喉咙里上不去又下不来，我的眼珠子很快就鼓起来了，但我继续，我撕咬它们，龇牙咧嘴，同时我聚精会神地注视着桌子上的其他肉类和饮料。

他失望地住了手，用爱怜的眼神在我的身子上和我满呈饥饿的脸孔上游走。同时他的手开始动，在我的身体的侧面缓慢移动，我的背和我的座位贴得很紧，他的手可怜地动来动去，不得要领，但他始终不愿意放弃。我坚持，我更加贴紧了靠背，但同时我要让他看到我吃起来有多难看。一心不能两用，首先是我累了，我腰酸背痛，我想我应该放松，我在心里面想他一定是要到后面去拿什么东西，总之我是这么想的，他要到后面去拿东西。我很配合地把背往前面伸出一些，那手很迅速地游到后面去了，它摸索着爬上了一个瘦弱的肩头，颤抖的手说："我终于得逞了！让我狂喜吧！"但我利索地抖落了那只底气不足的狂喜的手。

我知道我的小手指很有力，干燥皮肤的短暂接触发出了清脆的声响，他怅然地观察自己的手，上面有美丽的红印，他怅然地环顾四周，他真忘掉还有别人了，对面的那个女人从一开始就注意到我们，她坐在那里两个小时都悄无声息，甚至动都没有动一下，但她一定在私下里窃笑。我没什么顾虑，我无所谓，我谁也不认识，也不打算再认识谁，我并不想去仔细看别人的脸，我只知道我的旁边是一个男人，我的对面是一个女人，他们的脸长得什么样我不知道。然后我干脆就趴到桌子上去了，好了吧，我让你好了吧。

　　没趣。

　　他开始摸出他的手机打电话，他和电话的那头说了许多话，他昂着头，很幸福的模样。他大概还想玩些别的花招，用手机或者其他有钱的标志再来打动我一次，重新开始，但现在他应该后悔，火车就要到站了，很多人从座位上站起来，伸懒腰，踢腿，跳起来抓行李，一片混乱，我想趁着混乱走开，我站起身，想从他的腿脚间跨过去，但他趁着混乱一把抓住了我的手。

　　"和我一起走，跟着我吧。"

　　这是我与他说的第一句话，我是这么说的："去你妈的。"

　　"那，我们是不是可以吻别？"他说，然后很自信地把脸凑过来了，我笑了笑，身子往后仰，我带着妩媚的微笑斜靠在我的座位上，我缩到座位的角落里，脸上带了陶醉的红晕，我缓慢地从棉袄口袋里摸出一瓶液体，它看上去很洁净，没有杂质混迹于中，一点都没有，我凝视了这个瓶许久，把它支撑在我的膝盖上，然后缓慢地把瓶盖拧开，我的手腕只是轻轻地抖动了一下，液体便配合着我的心意泼上了他厚颜无耻的皱脸，在液体到达他脸部皮肤的那个瞬间，他的喉咙里发出了低沉的动物般浑厚的嘟哝，他的表情很吃惊，五秒钟后他居然发出了惊天动地的咆哮声。

2

所有的人都看见她了。现在是凌晨四点钟，去南京的火车还有十分钟才到，我坐在这里已经有个把钟头了，除了有些乏我没什么不满意的，我喜欢上这种冬天的火车味道了，多坐坐，而且坐的时间长了，就会感到有温烘烘的气流周身走了一遍，真是舒服。每年冬天我都会出来跑一趟，靠着这一趟赚笔钱再把自己养一年。今年好像不怎么顺，我总是不顺，我操心的事太多了，我没精力再把心思放到其他事情上，我想着这次尽快把事儿办了就回来，也没什么盼头，也就这样了。

但她一进来就不同了，我第一眼就注意到了她，她是一个年轻女人，非常年轻，出乎意料的年轻，但她穿着廉价的厚棉袄，清水脸，她大概知道，不用化妆她也很漂亮，比化了妆的漂亮十倍，或者她根本就不知道世界上还有化妆这回事，她也定是没钱买衣裳，看她居然披着那么一件棉袄。

她是一个雏儿，一定是，怎么一个人跑出来了，一定是有什么心事吧，闹了什么事儿了，看她那垂头丧气的模样。现在她看着自己的脚尖发呆，那上面套着一双沾满灰尘的皮靴。她好像坐立不安，她站起身来，从我的面前走过，从很多人的面前走过，我一直在关注她，她居然绕了一个大圈子又回来了，她背对着我，但她的身子离我很近，我闻得见她身上有淡淡的水果香，是的水果香，真是个招惹人的小东西。她的身段从后面看也很好，她迟疑了一会儿，然后下定了决心的样子，冲着对面喊了这么一句话：我花钱不是来吹冷气的。虽然她的声音清脆而且有穿透力，但是除了我大概没有人会听到她说什么了，可惜我在她的后面，如果在前面，我会看见她的表情。她的声音并不高，但她好像马上就后悔了，她开始为自己刚才说的话为难，面孔和耳朵马上就红起来了，她重重地坐了下来，纤细的手指恼怒地绞在了一起，她一定很恼怒，但那也只是很孩子气的恼怒，如果不是她的身段和面孔告诉我她是一个年轻女人，我真还以为她只是个孩子呢。我想笑，她很有个性，什么都不怕，真是没经历过什么事儿，调教调教就会好起来的。

我缓慢地靠近她，我并不想让她大吃一惊，第一印象很重要，我想我要温柔地出现，但我不知道跟她说什么好，好吧，她是去南京，但她没有南京女人的脸，但无论如何我得跟她说话，还得与南京有关系。

"小姐，您是南京人吗？"我说，我期待着她很快就会像一只受伤的鸟那样依傍上来，我会有一个难忘的旅程。

好吧，她看了我一眼，她的长睫毛上有水珠，眼神很暧昧，然后她微微地动了动她精致小巧的脑袋……这个表里不一的妞，她居然又站起来，混在众多的人和人中间，往检票的地方去了。我的笑僵持在脸上就很难看，我还俯着身子，我迅速地看周围，幸亏旁人都没有注意到我出丑，即使见了听了也没什么关系，他们又不认识我。现在我们一个挨一个，紧靠在一起，头往上昂，眼睛死死地盯牢前面人的后脑勺，我想我能够靠近她，与她一边走路一边说话，可是一转眼，她去哪儿了呀？我直着脖子看前面，除了黑压压的一片我可什么也看不到，她的娇小身子一定是藏在里面，我再看后面，她根本就不可能在后面，我还是看了好一会儿。

我终于望见了，她正在上车，她居然还回过头来看，但她很怕羞，她不敢做出想张望什么人的样子，就低着头装做是看火车台阶，台阶有什么好看的，她是看什么人吧。我试着跳跃了几步，我发现其实我跑起来还挺灵敏，我终于赶上了她的那节车厢。

我很快就看见她的背影了，她正低着头擦什么，一眼就知道她是不经常出门的，出来惯了的，谁还去擦那地方呢？要擦又怎么擦得干净呢？

只是，她的旁边已经坐了一个男人，那小子眼睛似闭未闭的，一定是想好好睡一会儿，让他坐那儿岂不是太浪费了？我可以走开，找到属于我的位子坐，但我并不想放弃，我一直就是个不达目的不罢休的人。我微笑着又一次俯下身子，我的眼睛诚恳地看着他："对不起，我是她亲戚，我能和您换个座位吗？"这个时候我可不想看她，她一定目瞪口呆，我只是用手指了她一下，强调了我说的话。我知道有很多人从我的密码箱上面跨过去，他们粗糙的皮肤一定刮花了箱子，但我现在顾不了，我更加诚恳地看着他，满含期盼。

他犹豫、思考、观察，最后终于相信了，他看了她一眼，她在微笑，他看了我一眼，我很诚恳。他走了。

她坐在那里，一直微笑，脸上没有别的表情，我想她一定是赞同，有戏。

火车开始启动，火车站往后面退去，我抱着我的箱子，我心神不宁，我想不出来我应该和她说什么话才好，我心神不宁，我终于说了："小姐，您热吗？如果热的话您可以把大衣脱掉挂起来。"

她微笑着表示赞同，然后迅速地脱她的棉袄，我发现她实际上穿得很时尚，而且脱去棉袄的身材更显丰腴，一时间我手忙脚乱，我马上就站了起来，主动地探出手去，接过她的棉袄帮她挂了上去。

她微笑，但是一直满腹心事的样子，真不知道她在想什么，我想我应该趁着这机会再说些什么：

"我总是在全国各地跑来跑去。"

"我在每个风景秀丽的地方都有一幢房子。"

我知道我在吹牛，但是我并没有脸红，我小心翼翼，察言观色，如果她漠然，那么我应该谈些别的，但是她微笑，我想我应该直奔主题，两个小时并不长，于是我继续说：

"每一幢房子的摆设都很精美。"

"我给每一幢房子的女人都配置了她最想要的东西。"

真让我扫兴，效果并不如前几次的好，我已经有一年多没有出来跑了，我不知道今年流行其他的一些什么了，她居然纹丝不动，像她这样涉世不深的女孩子听了这话应该是眼睛闪闪发亮的，而她居然没有显出一丝一毫感兴趣的意思，她从一开始就没有听进去我的话，她麻木不仁地盯着某一个地方看，什么都没有听进去。

我想我应该让她注意到我说的一切都与她有关，我关心地说："你好像有心事？"

"想这么多做什么，我可以让你高兴起来，让你高兴得不得了，我讲最新鲜的事给你听，你听都没有听过，想都不敢想，你想不想听，我知道你想听，你怎么不说话，我讲给你听了，我现在就开始讲。"

她好像仍然不把我的话放在心上，看什么呢？我不知道她要看什么，她一定是不敢看男人的脸，现在冷场。

我到处看，我看上边，上边都是行李架，我看下边，地板上很脏，我看左边，左边是她，我看右边，右边是过道，我终于看见列车员缓慢地从走道的那一头走近了，我想这次我可要抓住时机，我拦住售货车，然后讨好地问她："你喜欢吃什么？"

她仍然什么都不放在心上的样子，这个没心没肺的妞，我只能自己从车里拿东西，我随便拿，这样那样，这个那个，我甚至每拿一样都回头看她的脸色，我很快就被自己吓了一跳，我可很久没有花心思在女人身上了，我觉得此刻我就像一只献媚的狗，盼望着她的反应。

我付钱，转过脸来，我吃惊地张大了嘴巴，我以为她一定是个很有内涵的女孩子，但她居然马上就吃了起来，她甚至没有跟我客气，她的吃相真是难看，而且发出响亮的咂嘴声，她抓着那些肉食，撕裂，咀嚼，她的小嘴此刻正塞得像一只变形了的梨子。她的眼睛中终于有了光彩，那些光彩笼罩住了桌上所有的吃食，她模样很警惕，我真不知道我应该说什么，我在心里面想，真是个小可怜。

我想轻轻地抚摸她的肩膀，它们在悄悄动，很煽情地嗫嚅不语，我只想在她绷直着的身子上游走一遍，真的，我在上面动，她在下面动，我也没多的想法，我们认识不到两个小时，但我关心她，请她吃东西，而我只是想能抚摸一下她的肩，我从来没这么纯洁过，真的，从来没有。

我的手开始动，但我不想很粗鲁，我只是在缓慢地动，她马上就感到背后的动静了，真聪明。她很为难，好像并不想放下手里吃的东西，但又想抵住我的手，我还是让她紧张了，真过意不去，但她终于还是决定了，她的后背马上就全部空出来了，我的手准确并且迅速地游上了她的肩，我都不敢相信，那是我的手，我的手在颤抖，好像不敢相信花费了近两个小时才只得到她的肩，手在颤抖，饱含激情，甚至很投入。

很快地我的手上吃了一记重，我真不愿意相信她居然反应这么激烈，她很有力道，我的手上居然还留下了她的红指印，而且那声脆响一定会影响车厢里的气氛，别人都注意到这一声异响了，他们都伸长了脖子看看到底出了什么新鲜事，又让我出丑，这一路上她不断地让我出丑，好的好的我可没什么耐心了，你以为我一直是怜香惜玉吗，把我弄乏了可要你好看。我还是有些顾虑，我不想太张扬，如果不是在火车上，如果不是有那么多人，我真希望火车经过一个隧道，让我们的火车进隧道吧，但是这一段铁路没有隧道，想都不要想。

没趣。

我想暂时休息一下，我累了，好吧我累了，真是个难对付的妞。除了打电话我想不出我还要做什么，我开始打电话，但火车到站了。我应该很熟悉这段路的，我应该知道火车是这个时候到站，我赶忙收线，关注着她接下来要干什么，她终于也有点忙乱，她站起身，又坐下去，又再一次站起身，这一次她下定决心想要走开，但我准确地一把抓住了她的手，这可是最后一次机会了，这次再不能让她动心可真要白费了。

"和我一起走，跟着我吧。"我再一次诚挚地说，眼睛热切地看她。我一直想再次听到她清脆的说话声音，我盼望着她说话，说一句也好，她终于说了："去你妈的。"这是她对我说的第一句话，仍然很清脆，其实我料到她会这么说的，但我没有想到她出口就是这四个字，我想尽量地捞回一些什么，我就要下车了，可我很倒霉，什么都没得到。

"那，我们是不是可以吻别？"我说，我想我应该破釜沉舟，最后再试着捞一把，不然我就真亏了，搭了工夫又自讨没趣。她终于笑了，笑得很灿烂，并且脸两侧也飞上了红云，我满含着欣喜看着她的胸一下子大起来好多，动心了吧，妞，其实对付你这么个屁事不懂的小丫头真太容易了。我也笑，看着她转过身子，低着头好像酝酿情绪似的，但她转过来的时候手里就多了一个玻璃瓶子，我奇怪地看着她和她的玻璃瓶，我不太明白她拿瓶子出来干什么，她的漂亮大眼睛一直看着我，含着笑，同时她的手很快地就把瓶盖拧开了，我闭上眼睛的那一瞬间看到扬起手，那液体像要飞起来一般漫天洒落，然后我能看到的一切都变得晶晶闪闪了，我的感觉告诉我它们都飞上了我的脸、我的脖子、我的外套，她把什么泼上来了，怎么我的脸一片冰凉，应该不会是硫酸吧？不会是硫酸吧？不会是硫酸吧！我的心好像一下子蹦到舌尖来了，舌头震惊地出入喉咙发出了低沉的动物般浑厚的嘟哝，我的表情很吃惊，五秒钟后我居然发出了惊天动地的咆哮声。

3

那个女孩子没有任何表情地坐在我的对面，没有笑意也不悲伤，她的看似陈旧的棉袄下面，裸露着两条裹丝绒长袜的腿，她柔弱得就像一朵花似的。很显然，她并不是生意场上的厉害女人，她的柔弱带了许多雅致的意思在里面，她坐在那里，不说一个字，眼神也不忙忙碌碌地看四周，她是那么安静的一个女孩儿，我注视着她，我的心里面只想着能早些去办了事早些回家，女儿还睡在床上，女儿也像她这么大了，我可不会让我的女儿在早晨四点钟的时间就出来赶火车。

她的旁边坐着那个男人，看起来也是个文质彬彬的人，却一直黏着她，说些没道理的话，她大概脾性很好，她只是耐心地听，傻呵呵地微笑。

他大概也是有顾虑的，总是很担心地看我，担心什么呢？我又不认识你们，我也没有多的闲心来管别人的事情，我只当做是什么都不知道了。

只是他买东西的时候我对她说，在外面怎么能乱吃人家东西呢？我是教会我女儿不要在外面收别人的吃别人的，没什么好，这话也不好说，我也只是在心里面说。她却毫不在乎地大吃起来，真是个毛糙的孩子，我真为她担心。

火车快要到站了，我想我能够来得及在一天内把事情办完然后当天就赶回来，我的心情就很好。我够得着行李架，我从上面拖下了我的包，我甚至都不知道在我拿包的时候发生了什么事，一切都好好的，我能看到的就是她泼了他一脸，水泼上脸的同时，他闭上了眼睛，身子恐慌地往后面退了半步。

我站在他们的对面，我看见水珠从他的脸孔上滴落下来，我听见他的喉咙里发出了低沉的动物般浑厚的嘟哝，他的表情很吃惊，五秒钟后他居然发出了惊天动地的咆哮声。

怎么了？他居然像一只野兽那样嚷嚷，她只是把一杯水泼在了他的脸上嘛。作怪。

后记

我们都是飞来飞去的

采写 / 邵栋　湘湘

常州是我的故乡，故乡不可替代

洁茹你好，欢迎回到了故乡。差不多二十年前，你写了《到常州去》和《到南京去》，对于本地风物与年轻人都有着细腻的观察，如今回来，感觉故乡有什么变化吗？

人的变化肯定是巨大的，很多人我都不认识了。感觉大家对自己身体的建设很忽视，尤其是我在第五中学的男同学们，没有一个不是肠肥脑满的。故乡当然没有变化。故乡永远是父母，没有什么可以超越齐邦媛老师说过的那句："故乡是你年幼的时候，那些爱过你、对你有所期许的人，那些就是故乡。"唯一还会爱我，对我有期许的，当然是父母。

常常看到你写的关于常州风物以及美食的散文，雅致有味，非常耐读。除了这类散文之外，会计划再写有关家乡的小说吗？

我不是一直一直在写家乡吗？散文或者小说。动画电影《熊猫故事》里的熊猫说的，要想回到故乡去，那可真是太难了。死也没有用。我下定决心，一定要活下去，直到回到故乡。

有过思乡的时候吧，怎么排解？

我刚离开家乡的时候很"思乡"，我在那个时期的短句集里发现我曾经说过这么一句话："泡一杯茉莉花茶，放一曲《春江花月夜》，然后闭上眼睛，就回到了中国。"

常州、美国、香港，这三个地方对现在的你来说分别意味着什么？

常州是我的故乡，故乡不可替代。美国是我度过最好年华的地方，是我奋斗和流泪但是不后悔的地方。香港是我现在居住的地方，你生活在这里，你可能无法爱上它，但是要尊重它，你要尊重你居住的地方。尊重是相互的。

从美国来到香港，从空间距离来说，离常州近了不少，能否从乡情的角度谈谈你在美国、香港生活的不同体验？

空间距离对我来说没有任何差别，飞十三个小时跟飞三个小时都是一样的，都是你要去机场，去飞。另一位常州作家赵志明问过我，以前的作家，像威廉·福克纳、马尔克斯，都会创造出一个地方，来安置他的故事和小说。比如说我们已经有一个香港，有一个常州，我们还会去重新创造一个地方吗？或者说有必要吗？我觉得这个问题太大了，没有办法回答，我就说我一直没有觉得自己是在地球，我们都是飞来飞去的，不需要一个地方。

写一篇"到哪里去"提醒我自己的方向

从美国西海岸到东海岸，再到香港，你的小说会涉及当地的社会生活，你怎样看待自己与当地文化的关系？坦率说，看了你的小说，会觉得很特别，你写于上世纪九十年代的作品和其他中国作家都不一样，你有关美国的创作，亦与严歌苓、哈金等取义很不同，到了香港，你好像也并不太在意融入当地的问题，创作风格始终保持独特性，这是自然而然的还是自己的一种写作规划？而且你似乎有用小说来记述城市的倾向，除了之前提到的《到常州去》和《到南京去》，你还写过《到广州去》《到深圳去》以及《到香港去》，当代作家中，你的这种城市书写几乎是独一无二的，能具体说说这类小说的设想吗？

我在我的创作谈《在香港写小说》《我当我是去流浪》和《在香港》中都清楚地表述过，我只代表我个人的观点，我是在香港写小说，我暂时还不是写香港小说，我不知道别人，更不代表任何代际或者阵营。我甚至不愿意使用"回"这个字，我是一个在中国内地出生的作家，但是我是从美国到香港去的，我的小说《到广州去》《到深圳去》，都是写了到那里去，香港对我来说也不是一个"在香港"的状况。我出生并且长大的地方是江苏常州，直到二十四岁，我都在那里生活。就像评论家马兵先生说的："周洁茹的作品，空间感的突出是最直观的感受，清晰地标志出她对空间的敏感和对空间所表征的文化身份的多重指涉意义的敏感。"感谢评论家，事实上，你们也提醒了我我的方向。

不仅是"到哪里去"系列，你几乎所有的小说都是从女性视角出发，写当代都市女性的遭际与情感困境。在中国内地文坛，你可谓是最早尝试此类写作的作家，你怎么看待这类如今已经蔚然成风的女性写作，在当时的处境，会有很多误解吗？

我把人分成两种，一种是睡午觉的，一种是不睡午觉的，或者我这么分，一种是开会的，一种是不开会的。我曾经把香港人分成两种，一种是卖保险的，一种是不卖保险的。所以在我这里没有男女的分别，男作家和女作家都是一样的。但是我好像在朋友圈说过这样的话，男作家和女作家的关系是异形与铁血战士的关系，评论家是雇佣兵。这就是我喜欢朋友圈的原因，说话可以不负责任。更多女性写作的问题，过去未来，我觉得应该由评论家来谈，评论家说起理论来肯定是比小说家更坚定也更有力量的，再次感谢所有的评论家。

你在南京《现代快报·读品周刊》上的一个专访说"我的香港小说，主角说的都是江苏话"，能否围绕这句话展开谈谈？

这是我的创作谈《在香港写小说》中的一句，也是我2015年5月在"新世纪香港小说的趋势"研讨会的一个发言。2015年是我回来写作的第一年，这个会也是我回来写作后的第一个会。

还是要结合上下文来看，整个创作谈就是一个展开。

不会广东话，是我的遗憾，要不然我就可以用广东话的模式来写我的香港小说，让它们成为最香港的小说。但这可能也是我的命运。因为语言其实是我的优势。你们知道的，我在情节和结构上很弱，我也没有办法。谁都有缺点，这个世界上没有十全十美的写作。所以我写香港的小说，全部发生在香港，但是主角说的都是江苏话。我发表了小说《旺角》以后，收到了一些很鼓励我的读者评语，他们说"即便我与香港之间有地理上的距离，也对这个文本的理解不构成妨碍"。看来，即使我的主角说江苏话，并不影响我的故事发生在香港。而且读者也理解了我笔下的香港，称它为"颓废色彩浓重的人间风情之地"。

这篇一千三百字的短文已经把问题讲得很清楚，实际上语言并不是一个重点，我最后提出的人的问题，是我真正要表述的。

当然我完全没有觉得我是一个香港人，但是我写了香港人的生活状态。就冷漠到残忍的人与人之间的关系来说，这一点确实也是没有地域的界限的。所以对我来说，香港人也是人，香港小说，其实也就是人的小说。

你小说中的人、事读来竟如亲见，毫不陌生，因为我们知道这样的人、事确实存在。有人说现代都市里，遍地都是故事，作为一个写作者，关键是如何去呈现。你怎么看这一观点？

遍地故事，为什么不是遍地作家呢？我发表了第一个小说以后，我的一些作文很好的同班同学告诉我，他们也是可以写的，他们只是不高兴写。十六七岁的我听了这样的话当然不高兴，当然现在我已经没有什么不高兴的了，如果大家都高兴写，那多好啊，写作肯定能让所有人成长。呈现是一个故意的词，我的写作是无意识的。生活也是。我说过要感谢香港给了我这样准确的生活。一切都是我要的，不喝酒，不开会，不睡午觉，这自由也是我给自己挣的，我写我不写，我写什么我不写什么的自由。香港评论家蔡益怀先生认为我是把意图掩藏起来，埋得很深，写什么不写什么，还是经过取舍的，底蕴最终会在故事中浮现出来。他观察得很细致，我只好同意他的意见。

在都市书写上，你有没有受到过一些作家作品的启发或影响？

我读的书很少，对其他作家的认识也少，对于没有了解的作家和作品，我没有权力评论。我的写作受我童年生活的启发和影响。

现在小说改编电影成为一种相当流行的形式，你的小说画面感与都市感都很强，内容很贴合时代的病症与个人的困境。你会涉及电影行业吗？

我的制片人朋友杨先生有过一个意向，希望我写出一个他要求剧情的剧本。谈完后我就去买了一本麦基的《故事》，一边看一边做笔记了，当然看到第二章的时候我就决定不写剧本了，任何剧本。另外我的朋友——电影文学教授陈同学也跟我讲了一句，你合适改编成电影！我激动地说哪篇哪篇，给多少钱？他说我说的是你！你合适编部电影！我说好吧。要是关于我的电影，就得这么编：一个双失（生活、事业）中年女作家回到家乡，细节方面就是她还穿维多利亚秘密 pajama（睡衣）活在假少女时代，无数次被凌辱低到不能再低，她也没写出伟大作品。The End。忘了说但是她终于告别了过往，在精神方面达到了一个大完满，她就去做会计师了，实实在在地生活了。然后陈同学就一直在朋友圈躲着我。这就是我与电影的全部的联系。看看以后会不会有一个机会，我是这么相信的，好的编剧一定是会把一个烂小说改成一部好电影的，只是这个编剧肯定不是我。我是一个作家，我肯定是要写出一部好的小说的。

这是我给我自己挣的自由

2017 年是你定居香港的第八年，能否简要描述下你在香港生活的一天（日常）？

2017 年也是我回来写作的第三年。我在 1999 年是一个专业作家，日常就是写作和开会，那个年代的专业作家就是要开会，不知道现在还有没有专业作家？专业作家们是不是还要开会？我现在的状态就是写作，没有开会，我说过这是我给我自己挣的自由，写不写的自由，写什么不写什么的自由。

我每天五点四十五分醒，六点半坐到电脑前，到十点半，有时候写几千字，有时候一个字都不写，刷文学城和朋友圈，同时整理房间，吸尘，洗衣服，晒衣服，一切家务。不抽烟，不喝酒，不吃早饭，不吃午饭，吃东西会让我迟钝，血液凝固，睡午觉也会让我变慢，我从来不睡午觉，我所有的朋友都睡午觉，而且他们每天跟我说得最多的三个字就是：在开会。出去吃下午茶之前我一定要看一部电影，对的电影，比如昨天看了《唱街》（Sing Street），快乐又悲伤的电影。快乐又悲伤是什么？是那个女孩笑着说：爸爸死了，妈妈疯了在医院里。我们年轻的时候都是这样的，用最欢乐的样子说最悲伤的话。前天看的是《花火》，北野武长得好天真。订了 HBO（美国一家电视频道）和 Netflix（美国一家在线影片租赁公司），所以有什么看什么，美剧看《大小谎言》《罪夜之奔》《奥丽芙·基特里奇》那种，绝对不看长剧，没有时间。做晚饭比较花时间，洗碗花更多的时间，强迫症会把每一只杯子都擦得闪闪发光。十一点睡觉。睡前写一点字，答记者问这种，收寄邮件，写信，跟朋友说说话。微信和朋友圈是我一天里花的时间最多的部分，有人跟我说你要是不写朋友圈能写得更多，我说是啊可是只有我能写朋友圈。

对初到香港的人，可否推荐一两本关于这座城市的读物？小说、游记、旅行指南皆可。

初来香港的人，旅游还是居住？如果是旅游，长空出版的《食玩买终极天书》很好用，便利店都有卖，金光闪闪。若是居住，蔡澜的专栏结集书很好。对于大部分人来说，对的读物一定是要有用的，而且读来愉快。

从你的阅读经验出发，推荐一两本香港文学作品。

香港的文学作品我读得更少，那些重要的香港作家和他们的作品：舒巷城的《鲤鱼门的雾》《太阳下山了》、刘以鬯的《酒徒》、崑南的《地的门》、也斯和西西的作品，都是香港文学的基础阅读，可是我都没有读过。我知道我也说过阅读没有开始也没有结束，阅读没有期限那样的话，我甚至写过《阅读课》那样的阅读指导文章，可是我自己一直都没有准备好，我很抱歉。

可否推荐一个你最喜欢的香港的地方。

乌溪沙。我写过一篇《夕阳码头》，就是写乌溪沙。我去过很多地方的码头，台北的淡水码头，旧金山的渔人码头，圣克鲁斯岛，大西洋城，新泽西的新港，澳门。有一阵子我每天早晨都去哈德逊河的河畔散步，总是早晨，已是天光，天边挂着白到透明的月牙。哈德逊河的河水有时候很满，有时候很浅，有时候可以看到玛丽号。木头的码头，长到走不完的栈道，每一个跑步的老年人都对我说你好。

我刚刚回来写作的时候就是写了很多散文。散文就是生活。一些生活中的朋友说我的散文好看多了，虽然我完全不同意他们的说法，我当然是一个主要写小说的作家。但是我可以理解他们，他们都是真正生活在香港的人，散文里出现的场景，是他们每天都要过的生活，真正的生活。

关于乌溪沙的文章我只写过那么一篇，应该也只会有那么一篇，是我那个时期的生活，无法掩藏，也不必掩藏。

我香港的家在乌溪沙，门前是海，沙滩，码头，我不知道那些船从哪里开来，又开到哪里去。我很少去海边，我已经完全不会散步了，我不在乎日落还是日出，朝阳还是晚霞，我浪费了我自己。

他们说乌溪沙的海滩是全香港最浪漫的观赏夕阳的海滩，我已经住了六年，可是从来不在傍晚去那里，直到有一天，TVB的摄制组离开了，海滩上遗留了布景，巨大的爱心，手写的我爱你，波浪都擦不去的我爱你，一个人都没有的海滩，冷清到凄凉，我沿着海滩直走到码头的尽头，已经废弃了的码头，乌溪沙到马料水再也不需要船。

还有没有人记得，上世纪八十年代，乌溪沙是安置越南船民的地方，禁闭的难民营，难免冲突和动乱，血还有眼泪。逃避战乱的难民，有没有心，望一望夕阳的浪漫。你为什么离开家乡，更好的生活？你梦想的生活？很多人的离开，只是要活下去。

2017 年 6 月